표현시 창립 50주년 기념문집

물속의 거울

시와소금 시인선 · 103

물속의 거울

표현시동인회
제26집

시와소금

▲ 우리나라 강과 호수에 서식하는 토종 물고기들

▲ 강원도 인제군 인북천의 토종 민물고기를 탐사하는 표현시동인회 회원들

올해로 우리는 창립 50주년을 맞는다. 1969년 봄, 박민수 윤용선 임동윤 최돈선이 석사동 은백양나무 그늘에 모여 처음 동인을 결성한 지 반세기가 훌쩍 지난 것이다.

문학의 불모지인 춘천에서 오직 시를 위한 열정 하나로, 그 어떤 시류와 이즘에도 휩쓸리지 않고 우리가 설 수 있는 순수하고 빛나는 우리의 집을 비로소 마련했었다.

그로부터 50년.

시가 팔리지 않는 시대인데도 시를 위하여 다시 동인시집을 묶는다. 즐겁게 시를 쓰는 이 행위는 우리 숙명이기 때문이다.

이 시대, 시를 사랑하는 독자들과의 간극을 좁히는 일에 우리의 사랑과 노력은 녹슬지 않을 것이다.

또 하나의 서정을 위해 바람이 분다. 그 바람 앞에 분연히 다시 서 본다, 우리는.

표현시동인회

| 차례 |

제1부 ‖ 동인 조명

| 허문영 시인 |

제2부 ‖ 테마시 – **토종 민물고기**

제3부 ‖ 표현시 동인 신작시

제1부

동인특집

| 허문영 시인 |

허문영 · 가을에 외 4편

오미자 자매가
입술을 발갛게 칠하고 쳐다본다
굵직하게 열린 대추 형제가
지가 더 크다고 뽐내며 주렁주렁 매달렸다
감나무는 빠알간 홍시가 되어가며
새색시처럼 얼굴에 분칠을 하고
꽃 떨어진 자리에
옴폭 보조개가 파인 꽃사과
내 맛도 좀 보아요 나도 과일인데요
새콤한 시샘을 내는데
모든 것들의 마음이 단풍처럼 물든다
도토리가 깔린 숲속에서
알밤이 잔별처럼 빛나고 있고
인생의 다람쥐 같은 나도
이대로 계속 가을이었으면 하고
불타는 산을 바라보고 있는 것이다

꾀꼬리 단풍

이 말 아세요
꾀꼬리 단풍이라뇨
꾀꼬리도 알고 단풍도 아는데
단풍이 꾀꼬리라뇨
못찾겠다 꾀꼬리
그런 노래 가사도 있지요
꾀꼬리는 몰래 우는 새라고 하더군요
꼭꼭 숨어 있는 단풍인가요
국어사전 보니
노랑, 빨강 등의 색이 섞여 있는 예쁜 단풍!
공작새 깃털 같은 단풍인가요
조류도감도 찾아봤어요
노란 털에 검은 선이 있는 날개!
부리만 약간 빨갛네요
특별한 색깔은 아닌 것 같아요
꾀꼬리 같은 소리로 노래 부른다는 데
그렇다면 울음소리가 아름다운 새
도레미파솔라시도가 빨주노초파남보처럼 물들었나요
꾀꼬리 단풍은 색을 듣게 하는 단풍
나 이렇게 생을 예쁘게 마감하는 거야!
올 가을 꾀꼬리 단풍이 정말 징하네요

매듭

— M에게

살아가면서 때때로
매듭을 지어야만 한다지만

우리 사랑 이야기
너무 빨리 매듭지으려 하지 말아요

백 년 넘은 느티나무는 봤어도
백 년 넘은 대나무는 보지 못했어요

바람의 매듭을 본 적이 있나요
물의 매듭을 본 적이 있나요

매듭을 짓다 보면
끝이 되기 쉽겠지요

그대와 나의 관계
끊어질 때 끊어지더라도

영원히 풀어낼 수 없는
매듭짓기는 안 했으면 좋겠어요

꽃과 별, 그리고 나

사람들은 꽃이 활짝 피는 걸 보면 미소를 짓습니다
자신도 한 송이 꽃을 피워본 적이 있기 때문입니다

사람들은 꽃이 지는 걸 보면 눈물을 흘립니다
자신도 남몰래 바닥으로 떨어져 보았기 때문입니다

사람들은 별이 뜨는 걸 보면 마음을 설렙니다
자신도 반짝이는 별을 품은 적이 있었기 때문입니다

사람들은 별이 지는 걸 보면 가슴을 저밉니다
자신도 어둠 속에 희망을 묻어 본 적이 있었기 때문입니다

꽃과 별, 그리고 나
그리 먼 사이가 아니랍니다

의자는 서 있다

그에게 앉아 있으니
그도 앉아 있는 것 같다

나는 앉아 있지만
그가 앉아 있는 것은 아니다

온몸으로 버티는
그의 힘을 느낄 수 있다

다리를 굽혀보지도 못한 채
한평생 서 있는 것이다

잠시 걸터앉는 것은
나의 운명이라지만
낡은 의자가 내가 되기도 한다

허문영 • 북두칠성 외 4편

누군가
밤하늘에 놓아둔 징검다리다

오늘따라
하늘이 흐려져서
별빛도 끊어질 듯 한데

구름언덕 지나
멀고 먼 이곳에 뭐 하러 오냐
어서 돌아가라고 손짓하는
어머니

주름살 한 가닥이
유성처럼 지나갔다

눈사람

1

그대 그리워 만든
눈사람

부서질까
단 한 번도 안아주지 못했던 연인

겨울바람 속에
내 사랑 스러져 가네

연약한 가슴
유리알처럼 부서져 가네

하얀 입술로
너를 지켜 주었지만
짧은 노래 같은 사랑이 무너져 가네

그대 그리워 만든
눈사람
비스듬히 내 곁에 서 있네

2

그대 그리워 만든
눈사람

녹아내릴까
꼭 부둥켜 안아주지 못했던 연인

겨울나무 아래
내 사랑 야위어가네

우리들 이야기
옛 강물처럼 사라져 가네

하얀 편지로
너를 그려 보았지만
차디찬 햇살 속에 멀리 날아가네

그대 그리워 만든
눈사람
비스듬히 내 맘에 서 있네

단오부채

모란꽃에 나비가 날고
소나무에 학이 앉았구나
사람은 보이지 않아도
집 한 채 시詩처럼 지었구나

선면扇面이 퍼질 때마다
문자향이 번져 나오고
댓살이 접힐 때마다
서권기가 피어나는구나

부채질하면
경전을 한 장씩 읽는 듯
바람의 말씀이 들리는구나

세상의 열불은 꺼뜨리고
사랑의 불길은 살려내고
내 손 하나에서 우주의 조화를 부리는 듯
만사형통이 되는구나

한 평생 내내
결 고운 바람을 일으키는
세상에 이만한 풍류風流는 없다

화초花草가지

개찰구 철길 옆에 놓인 화분 속에 웬 달걀들이 주렁주렁 열려 있었다. 여느 꽃보다 눈에 더 들어오는 하얀 열매가 신기해서 몰래 하나 따가지고 주머니 속에 넣었다. 어린 시절, 기차를 타고 어디론가 떠날 때 아버지가 사주시던 삶은 달걀과 칠성사이다 생각이 났다. 나는 꼬질꼬질한 손으로 새끼 원숭이처럼 잽싸게 삶은 달걀을 까먹었는데 아버지는 무슨 걱정이 많으신지 가끔 한숨을 내쉬며 차창 밖만 내다보셨다. 나에겐 무슨 상관이랴! 하나도 괘의치 않고 삶은 달걀에 목이 메면 사이다를 마시고 게트림이 나면 끄윽 하고 또다시 달걀을 까먹었다. 인생살이에 목이 메는 슬픔과 환희의 기쁨이 교차하듯 삶은 달걀과 사이다는 묘절한 음식궁합 같았다는 걸 커서 알았다. 계란 위에 뿌려먹던 짭짤한 소금 맛도 어린 내 생애의 성장촉매였다. 차창 밖 여름의 산비탈엔 때마침 계란프라이 같이 생겨먹은 개망초꽃이 흐드러지게 피었고 나는 주머니 속 매끄러운 달걀이 깨질세라 조심스럽게 옛 추억을 만지작거렸다. 서울 나들이 내내 내 마음을 사로잡은 새하얀 달걀, 집에 와서 잘라보니 흰자위 노른자위는 들어있지 않고 그 옛날 기차바퀴소리가 씨앗처럼 촘촘히 박혀있었다.

신의 안약眼藥
— 월든 시편 · 8

호수는 숲속의 은자隱者처럼
긴 세월을 과묵하고 엄격하게 살아왔다
때론 졸아들고 때론 넘치기도 하였지만
호수는 평상심을 유지해왔다
사람들은 호수를 보았기 때문에
좀 더 나은 사람이 되지 않았을까
하루에 한 번이라도
호수의 눈을 바라본 사람이라면
죄를 짓지 않을 것이다
호수 곁에 사는 것보다
천국에 가까이 갈 수는 없다
거울 같은 호수는 보면 볼수록 관용의 얼굴이다
큰 호수는 작은 호수들과 이어져 있으며
사람들의 마음과도 연관을 맺고 있다
호수를 바라보면 혼탁해진 시야도 맑아진다
호수는 신神의 안약이다

나의 시 쓰기, 사다리와 그네 만들기

허 문 영

정년퇴직이 되었다. 약 냄새 나던 곳에 있는 방을 빼야 한다. 이제야 전업 시인으로 갈 수 있을까? 시를 잘 쓸 수 있는 시공간을 마련해야겠다. 가상공간이라도 좋을 것이다.

시 쓰기도 작업이다. 시를 쓰는 공간은 작업실이라 부르자. 무엇인가 만들려면 공구가 필요하다. 시 쓰기에 필요한 공구는 무엇인가. 시 쓰기에 좋을 책상과 의자라도 만들려면 무슨 재료를 준비해야 하는가. 그렇다면 도구나 연장을 어떻게 사용해야 하는가.

시 쓰기를 아무래도 책상과 의자 만들기라고 부르기보다는 사다리나 그네 만들기라고 생각해본다. 어디론가 올라가는 나무 사다리나, 또는 그대와 나란히 앉아 먼 숲을 바라보며 달콤한 휴식을 즐길 수 있는 그네가 시적인 분위기가 나서 좋겠다.

시를 쓰려면 문장의 향기를 듬뿍 담고 있는 원목이 있어야 할 게다. 나무에 귀를 대면 온갖 자연의 소리가 들리는 늙은 소나무같이 묵은 나이테가 많은 나무를 구해야 한다. 마음이 아프지만 우선 톱으로 잘라서 쓸 만한 언어의 결을 가진 목재로 만들어야 한다. 어떤 것은 짧고, 또 어떤 것은 길다. 물론 말씀의 두께도 다

양하겠다.

　잘 말라 있지 않으면 나중에라도 어휘가 휘어져서 독자들에게 혼란을 줄 수 있으니 언어의 나무를 잘 골라야 한다. 다음은 대패 작업이다. 문장은 대체로 표면이 거칠다. 숫돌로 대팻날을 세우고 온 힘으로 거친 문장의 표면을 갈고 닦아 매끄러운 살결이 살아나도록 다듬어야 한다.

　다음은 갈무리한 언어의 목재를 머릿속에 그린 설계도면에 맞게 규격을 맞추고 상상의 못을 망치로 박아 시의 초기 구조물을 만들기 시작한다. 오름의 욕구를 가진 나무 사다리가 되어도 좋고 흔들림의 욕구를 가진 그네가 되어도 좋다. 목질의 질감을 가진 언어의 구조물을 아름답게 표현하기 위하여 정으로 쪼고 끌로 파서 독특한 언어무늬를 구조물에 새겨 넣는다.

　시의 사다리를 오를 때 마음의 상승 욕구와 하강 욕구의 기쁨을 느낄 수 있도록 개성이 필요하다. 내가 만든 시의 그네에서 삶을 한 번씩 흔들어 볼 때 과거와 현재 그리고 미래를 순식간에 왔다 갔다 하는 흔들림을 느낄 수 있어야 한다.

　그러다 보면 서서히 목질의 언어로 된 시 한 편이 만들어져 간다. 마지막에는 은유의 붓으로 상징의 페인트를 칠해 오래도록 썩지 않는 마감을 한다. 시의 사다리와 그네를 타는 사람마다 아! 이 느낌 좋아! 하고 감탄하는 시작詩作을 만들어야 한다. 그게 바로 나의 시가 되어야겠다.

| 허문영 |

• 1989년 《시대문학》 신인상 등단.
• 시집으로 「내가 안고 있는 것은 깊은 새벽에 뜬 별」「고슴도치 사랑」「물속의 거울」「사랑하는 것만큼 확실한 것은 없습니다」「왕버들나무 고아원」과 시선집으로 「시의 감옥에 갇히다」가 있다.
• 에세이집으로 「네 곁에 내가 있다」「생명을 문화로 읽다」가 있다.
• 교양서로 「예술 속의 약학(Pharmacy in Art)」이 있다.
• 강원도문화상, 춘천예술상 대상을 수상했다.
• 강원대학교 약학대학 교수로 현재 인문약학 연구와 시 쓰기에 몰두하고 있다.
• E—mail : myheo@kangwon.ac.kr
• 주소 : 춘천시 방송길 70, 104동 403호(온의동, 롯데캐슬스카이클래스아파트)
• 휴대폰 : 010-5372-5604

.

제2부

테마시 _ **토종 민물고기**

김남극 • 열목어熱目魚

본 적 없는 놈도 본 척한다
보아도 자세히 본 놈 드물다
보지도 못하고 아는 척
사랑하지도 않으면서
사랑하는 척

휙
앞을 지나갔다
그게 열목어熱目魚다
사랑도 지나간다
몸 뒤척일 새 없이
가난할 새 없이
돌아볼 새 없이

돌아보면 거기엔
물살만 있다
점박이 지느러미가 남긴
물비늘만 있다

윤용선 • 시대의 오랜 숙제

접경지역의 토종 민물고기로 시를 쓰라는
숙제를 받아 들고 긴 생각에 잠겼습니다
시는 짧고 함축적이면 참 좋겠는데
늘어진 사설이 될 것 같아 걱정도 되지만
어쨌거나 토종 민물고기를 만나러
접경지역을 따라 북쪽으로 올라갑니다
조금만 가면 바로 분단의 현장을 만나게 되지요
그걸 각인시켜 주는 게 민간인 통제선이고
거길 지나면 군사분계선, 이른바 휴전선인데
그 남북 양쪽 2km가 비무장지대입니다
한때 접경지역인 철원과 양구에 살았지만
이렇게 다시 짚어가며 더듬어 보아도
떠오르는 게 별로 없습니다
실제로 비무장지대에 들어가 보았던 것은
60년대 중반 군복무를 하던
아득한 세월의 저쪽 끝에서 가물가물거리는
기억 한쪽이 다이니 어쩌겠습니까
그러니 우리 대신 때마다 비무장지댈 들락거린
물고기나 하나씩 들춰 보아야 하겠습니다
연어와 송어는 알을 낳기 위하여
바다에서 강을 따라 힘차게 거슬러 오릅니다
그 오랜 습성이 한결같기는 하지만
엄연히 바닷물고기입니다
아마도 애초엔 강에서 살았기 때문에

깊고 넓은 바다를 한껏 누비다가도
산란기가 되면 강이 생각나 그러나 봅니다
또 그 사촌쯤 되는 산천어와 열목어도
알을 낳을 때면 기를 쓰고 상류 쪽으로 오르는데
이건 또 민물에 갇혀 살게 되면서
다시는 바다로 나갈 수 없다는 그 무엇이
이렇게 하도록 만든 게 아닌가 싶습니다
그렇지 않고서야 눈과 온몸이 시뻘개지도록
저리 목숨 걸고 치열하게 딩굴까 하는 겁니다
어쨌거나 이 모두는 토종이 아닙니다
토종 찾기는 점점점 힘들어졌습니다
그런데, 그런데 말입니다
멸종위기에 있던 미유기를 인공부화 시켜서
마침내 그 치어를 방류하게 되었다는
방송을 우연찮게 시청할 수 있었습니다
미유기야 말로 메깃과의 토종 민물고깁니다
다 늦게라도 미유기를 만날 수 있었던 것처럼
어느 날 접경지역의 모든 철책이 제거된다는
먹먹한 가슴 뜨겁게 하는 소식을 듣게 된다면
그때는, 정말 그때는 말입니다
고향을 떠나서 고향을 그리던 이들이나
고향을 지키며 고향을 일구던 이들이나
사는 곳을 놓고 바닷물고기니 민물고기니 하고
고향을 놓고는 토종이니 외래종이니 하듯

또 다른 편 가르기나 어떤 생각에 갇히는
그런 끔찍한 덫에는 제발 걸리지 않았으면 합니다
분단은 눈에 보이거나 보이지 않거나
한 번만으로도 너무 아프고 또 너무 깊은 상처니까요

이화주 ● 당신은 누구예요?

아주 오래전
파라호에서 낚시를 하던 시인 아저씨는
찌를 문 무언가와 힘겨루기를 했지.
뭐지?
이놈은?
당기고 끌려가고, 끌려갔다 끌려오고

해가 지고 어둠이 찾아올 때
마침내 아이보다 큰 잉어를 낚아 올렸단다.

힘이 몽땅 빠져버린 시인 아저씨가
잉어 옆에 주저앉아 물었단다.
넌 누구냐?
오, 네가 바로 이 호수의 주인이라고?

내 말을 알아듣는
당신은 누구세요?
대답 대신 시인 아저씨가
잉어를 호수에 풀어주었단다.

호수 속으로 헤엄쳐가던 잉어는 나
낚싯배를 향해 헤엄쳐 와서는
'펄쩍' 달빛 속으로 뛰어올랐단다.

오, 황금 잉어!

임동윤 • 열목어

두타연 계곡*입니다
자갈 구르는 소리 유난히 투명합니다

누가 이 험난한 계곡으로
그를 오르게 한 걸까요?

오직, 물길 따라 올라가는 길
계곡은 온통 연둣빛 곱게 물들고 있네요

등 밝힌 물길 환한데
유속이 느린 여울 바닥을 후벼 파고

지친 몸 눕히는 일이 가장 성스러운 일임을
지느러미 다 찢긴 후에야 알았습니다

가파른 숨결이 계곡을 덥히고
그 숨결을 계곡이 받아내고 있었습니다

* 두타연 : 민간인 출입통제선 북방인 방산면 건솔리 수입천의 지류. 유수량은 많지 않으나, 주위의 산세가 수려한 경관을
이루며, 오염되지 않아 천연기념물인 열목어의 국내 최대 서식지로 알려져 있다.

정주연 • 이름이 궁금하다

영월 법흥사 사자산에서 내려오는
산골짝 계곡물은 옥빛의 청정수였다

거기 초등 분교 뒤 주말용 오두막이 있었다
깜깜한 어둠을 헤치고
흐릿한 가스램프 불빛에 의지하여 풀숲을 더듬어
개울물 속에 어항을 묻어 놓으면

다음 날 아침 깨끗이 세수한 햇살의
굿~모닝 인사를 받으며 건져 올린 어항 속엔
이름 모를 토종 민물고기들이 몇 마리씩 들어와 있었다
그중 제일 자주 보이는 물고기는
'퉁바리, 퉁바구' 라고 불렀는데

미꾸라지처럼 생겼지만
동그란 큰 입 둘레에 굽은 뿔이 나 있어
사정없이 내 손가락을 물어뜯어 피를 흘렸던
평생의 원과 한 그 유감을
이방인인 내 붉은 피를 빼앗아 항거하던
미끄럽고 재빠른
어쩌면 전생에 선대 조상님이었을 지도 모를 신원이
그 물고기 녀석의 바른 이름이 궁금하다

조성림 • 쉬리

철원 김화에는 쉬리공원이 있고
화강花江에는
햇빛을 달고 반짝거리는
쉬리가 살고 있다

꽃강이라 이름을 지은
옛 시인의 작명에 탄복하기도 하는데

아무튼 화강은 북쪽의
산기슭에서 발원한다고 하고
한탄강으로 임진강으로
그 이름을 내주다가 마침내
서해에서 평화처럼 몸을 푼다

나도 한 시절
화강가에서 밥을 얻은 적도 있었는데
매일 새벽과 저녁이면 어김없이
화강가를 돌며
쉬리와 이야기를 나누곤 했다

천천히 화강을 맴도노라면
그 비릿한 물 냄새와
물새들의 노래와
물풀들의 파란 흔들림이

쉬리와 더불어 장엄했다

지금도 전설같이
강물 속 별들이라 생각한 나는
어쩌다 쉬리를 떠올리기라도 하는 날이면
벼랑처럼 아찔하기도 하고
소스라치게 아름다움이 떼로 몰려오곤 하는 것이다

한기옥 · 붕어

식구들 곁이라 해도 가슴을 파고드는 바람 늘 시리고
일하며 얻은 골 깊은 상처들로 자주 욱신거린다는 말씀이시겠죠
저벅저벅 어둠을 걷어차며 강둑을 향해오는 당신 숨소리가
내 가슴의 현을 묘하게 켜댈 적이면 쿵쿵 설레었더랬지요
할아버지의 할아버지 적부터 물 바깥으로 나가본 적 없던 생을 깨뜨리고
다시 태어나고 싶었죠
내 마음을 훔쳐보기라도 한 듯 때맞춰 들려오던 당신 발자국 소리에 두근
거렸죠
당신의 미끼에 어떻게든 걸려들고 싶었죠
당신이 던진 떡밥을 물고 아아아
당신께 코가 꿰이고 엮여지며 아 살았구나… 안도했죠
당신이 버겁게 짊어졌던 가장의 책무를 하루나 한나절쯤 벗고 싶었던 꿈에
맞닿아 있던 내 꿈, 우리 내밀했던 각자의 꿈

섬강 끝자락을 걷다
붕어가 말하는 소리 듣는다

밤낚시 즐긴 아버지
붕어와 함께 떠난
오랜 하늘 여행
웃고 계실까

한승태 • 버들개와 놀다

어유포魚遊浦*
이곳에 강이나 바다가 없었다 한들
무엇이 문제가 되랴 저 작은
냇가를 이루는 사랑 끝에는
하늘 넘치는 물결 다스리고 있어

어유포漁遊浦
하루 종일 놀아도 좋았다 그대
이마에 부딪는 저 구름의 뱃전
참새들 몰려와 두 손 내밀면
마냥 첨벙이는 동공 속 햇살이 들렸다

어유포漁遊浦
한없이 죽어도 좋았다 그대
꽃다지 돋고 팔봉이 스스로 다가와
징검다리 음률이 몰고 가는 지느러미들
팔짱도 한껏 부풀었다 풀리고

* 어유포 : 홍천 팔봉산 아랫마을.

허 림 · 인북천 텡가리

달이 학처럼 날아오른다는 마을 산자락에
꺽지처럼 터잡이하는 권 시인 앞 개울은 인북천인데

그 끝이 금강산 어디라던가
철조망 넘어 흘러온 강물 속 호박돌 하나 둘 치니

발그스름한 몸빛
가운데 손가락만 한 텡가리와 눈 마주쳤다

지느러미 저으며 휘휘 돌며 경계하는 눈빛
둘친 돌 밑 노랗게 쓸어 붙인 알

너였구나

지천에 개똥처럼 흔하디흔한 네 삶이
소리소문 없이 보이지 않아 아쉬웠는데

인북천 달빛마을 돌 속에 품고 있는 알
노랗고 환한 터살이 하는 여기

허문영 • 물속의 거울

    누군가 개울물 속에다 빛바랜 거울 하나를 버렸나 보다.

    돌 틈에 눌려 깨어질 듯 쓰러져 있는 거울은 아직도 빈 하늘을 비추고 있다. 차가운 개울물은 거울의 온몸을 넘나들며 은빛 영혼을 닦아주고 있다. 나의 과거사처럼 거울에게도 추억거리가 남아 있으리라. 누군가에게 버림을 받은 셈인데 그 누군가의 얼굴도 거울 속에 메모리로 남아 있을 것이다.

    반짝이는 것이라곤 아무것도 없는 집 안에서 어머니는 유달리 거울을 닦고 또 닦았다. 일곱 식구의 얼굴을 오랫동안 비추고 있는 거울에게 고은정이 들었을 것이다.

    물속의 거울 위로 눈이 빨간 열목어들이 모여들었다. 이제 거울이 단풍색으로 물들었다. 가시고기 한 무리도 거울 위에서 가족사진을 찍고 갔다. 사람이 버린 거울이 개울가 살아있는 것들의 거울이 되었다.

    나는 개울 속 너른 모래 무덤 위에 거울을 옮겨 놓았다. 들여다보니 물속 거울 안에 주름진 얼굴이 있다. 그 옆에 더 주름진 얼굴이 일렁인다.

제3부

표현시 동인작품

김남극

김남극 · 山居 · 20 — 엄동설한 외 2편

술이 과해 일찍 자리에 들었다가 깼다

창밖은 아직 어둠이 한창이다

내가 어쩌다 여기까지 왔는지 모르겠다

아직 마음은 봄이고 청춘인데
몸은 초로의 늙은이 같다

생활도 초로의 늙은이 같다

조그만 말에도 서럽고 섭섭하다

조그만 말에도 상처를 받는 게 늙는 것인가
생각하다가 술을 혼자 마신다

늙는 것이란 무엇인지
다 그런 것인지

새벽이 지나는 동안 혼자 이 추위의 가운데 앉아
억울하기도 하고 답답하기도 한
이 엄동설한의 한기를 견디는 것

그것이 또 한 생애인가 생각하고
또 생각하는 것이다

山居 · 21
— 알타리무를 뽑고는

어머니와 두 해는 살 수 있을 줄 알고
봉평으로 왔다
누룩을 띄워 술을 빚어 친구들과 나누거나
메주를 띄워 장을 담가 형제들과 나누겠다는 꿈은
하루 아침에 사라졌다

명(命)이 사그라드는 어머니를 보는 게
건너 산 단풍처럼 하루가 다르다
아침이 다르고 저녁이 다르다
내가 이러려고 여기 온 게 아닌데
'내가 이러려고 널 오라고 한 게 아닌데'
눈가가 늘 촉촉한 어머니는 알타리무를 뽑으라고 하신다

너무 많이 얼어서
참 불쌍한 일이라서
퇴근하자마자 알타리무를 뽑아 고무 함지를 덮어놓고는
냉기가 넘어오는 공제선을 보다가 들어와
저녁을 먹는다

어머니는 올챙이국수만 후룩후룩
목넘김이 이만한 게 없다고 하신다
알타리무를 뽑듯이
내가 어머니 몸 속 그 어둠의 덩어리를
쑥

뽑아낼 수 있다면 소원이 없겠다고 생각하는 동안

어머니는 올챙이 국수를 다 드시고는
세상에서 가장 슬픈 눈으로 나를 본다
주말엔 집에 가라고
너도 처자식이 있지 않냐고
내가 네 짐이 되긴 싫다고

설거지를 하고 배추를 덮으러 나온 하늘엔
달이 너무 밝다

山居 · 22
— 서리 오는 밤

오십이 넘은 나이에겐
서리조차도 두렵다

숙취가 가시지 않는 아침
낙엽송이 은빛 가시를 떨구면서
겨울로 풍경을 이끌어가는 시간

난 경건하기로 한다
겸허하기로 한다
버리지 못한 것들이 참 많으니
생활이 곤혹스러운 것이다

한밤 중 내리는 서리가
고추를 푹 삶아 놓는다는데
한밤 중 고추를 비닐로 덮으면서
무사한 것들과 그렇지 않은 것들을 생각하면서

자꾸 두려운 것들을 생각한다
서리가 두려운 것도 그 때문이다
코끝 감으로나 온다는 것
불행은 그렇게 잠잘 때 무작정 온다는 것

마치 소나기를 맞듯
피할 수 없는 연애를 맞이하듯

서리가 두려운 나이가 됐으니
사람이 두려운 나이가 됐으니
내가 겸손할 나이가 된 것이니

창밖에 서리가 내린다
서리 쌓이는 소리가 잠결에 들린다

| 김남극 |

• 강원 봉평 출생.
• 2003년 《유심》 신인문학상 당선으로 등단.
• 시집으로 『하룻밤 돌배나무 아래서 잤다』 『너무 멀리 왔다』가 있음.
• 주소 : 강원도 평창군 봉평면 기풍4길 27-6 봉평고등학교
• 이메일 : namkeek@hanamil.net

김순실

김순실 • 구름운전사 외 3편

공원 한켠 둥근 운동기구 잡고
팔돌리기하며 하늘 올려다보노라면
구름도 이쪽저쪽으로 돌아가
내가 구름운전사가 된 듯
그럼 하늘의 암호가 풀릴까
솔기 하나 없는 하늘의 침묵 속으로
가뭇가뭇 줄지어 새떼 멀어지고
구름 한 덩이 얻어 타고 나도 두둥실
순식간에 제 몸 바꾸는 구름의 발바닥 궁금해
쫓아가지만
뜬금없이 터지는 마음의 솔기는 속수무책
상체근육운동으로 내 팔을 돌리고 구름도 돌리고
이젠 마음근육운동으로
나 또 무얼 돌릴까

의자가 있는 풍경

누군가 물 빠진 개천 한가운데
낡은 의자를 가져다 놓았다
다리 밑 그늘이 제자린데

그저 그런 무심하던 의자가
개울 한가운데를 차지하고
뒤샹의 변기처럼
초현실주의 작품인 듯 빛난다

장소만 바꿨는데
익숙한 의자가
순식간에 낯선 오브제가 된다

그날이 그날이던 내 일상도,
이도 저도 마땅찮은 내 시도
개천 한가운데, 생뚱맞게 놓인다면

뜬금없는 상상만으로도
탄성이 절로 나와
나는 저 의자에 앉아
한 풍경으로 깊숙이 빠져든다

훨훨 잘 보인다

지난겨울 천변의 나무들 베어내는 걸 보고
숭숭 뚫린 빈자리로
한동안 찬바람 들락거렸다

그런데 봄 되니 천변이
갓 이발한 남자처럼 산뜻해졌다

드문드문 나무가 저마다의 맵시로 서 있고
새순의 가지들이 여백을 한껏 끌어당겨
한 풍경을 완성하고 있다

나무의 표정이 똑같지 않다는 것도,
빛과 만나는 연두의 다양함도,
촘촘했더라면 보지 못했을 거다

그날 그날의 나무를 읽으며
내 산책은 더 풍성해졌다
그늘에 가렸던 풀꽃들도
저요 저요 뾰족해져
더 잘 보이고

촘촘함과 드문드문 사이의 간격에서
출렁이는 눈을 들면
징검다리 훌쩍 넘어가는 백로
훨훨 잘 보인다

물고기와 놀다

　어린 고기 달빛과 어울려 노는 물가의 집 수리재에는 물고기가 많이 사는데 봉숭아 분꽃을 거느린 잎 넓은 토란 위만 빼고 벽이란 벽에는 물고기가 노닐고, 마당가 물 마른 연못 위 정자의 나무 난간 깎아버린 물고기 몸통으로 바람 들랑거릴 때마다 돌멩이로 쌓아 올린 탑 네 귀퉁이에 매달린 물고기 덩달아 풍경소리를 낸다. 하얗게 칠한 해우소 벽에도 물고기 떼 지어 몰려다니다 쭈그려 앉아 우울 날리는 사람 기웃댄다.

　수리재를 둘러싼 숲의 낙엽송 그 큰 키를 올려다 보노라면 티베트로 그림 공부하러 갔다는 이 집 주인 다정거사의 얼굴은 어떻게 생겼을까 궁금하다가 아 물고기로구나, 그처럼 자유로운

　그날 나는 눈을 뜨고 잔다는 물고기와 어울려 하루를 놀았다.

| 김순실 |

• 1998년 강원일보 신춘문예로 등단
• 시집으로 〈누가 저쪽 물가로 나를 데려다 놓았는지〉 외 2권.
• 주소 : 춘천시 퇴계로 220-20 (현대아파트) 301동 1204호
• 연락처 : 010-2428-5534

김창균

김창균 • 가래 몇 알 외 1편

추석 무렵 엄마 산소 옆에서 주워온 가래 몇 알
하도 만지작거려 모서리는 닳고 깊은 주름만 남았다.
때 타고 시간 타고 사람도 타고
그 숱한 기척에도 몸을 열지 않는 단단한 고집이
살아생전 엄마의 속내 같기도 하여
양손에 넣고 서로의 몸을 비벼본다.
그 소리가 맑고 경쾌하여
저간의 침묵을 깨고도 남을법한데
주름이 주름을 비비며 닳는 몸과
또 한 주름진 몸이 하는 골똘한 생각은
어디쯤 가닿고 있는지
병을 대물림하는 혈육의 맥박처럼 간헐적인
서러움을 밀며 또 당기며
떠나온 집을 돌이켜보는 캄캄한 저녁이다.

팥죽집에서

동지가 가까워진 이른 저녁 무렵
팥죽집에 들어 요기를 한다.
호랑이상을 한 사내와 여우나 말상을 한 사내들이
미리 자리를 차지하고
푸석한 퍼머머리의 노인도 들어온다.
소똥처럼 반질한 문턱을 넘어 들어오는 바람이
팥죽집에 앉은 사람들을 한 번 휘돌아 간 뒤
붉어진 입술을 닦는 사람과
부화하지 못한 새알 같은
옹심이를 건져 먹는 사람들
들어온 문으로만 나갈 수밖에 없는 사람들은
배후를 잃어버린 실패한 혁명가의 얼굴을 한 채 앉아 있다.
어떤 이들은 다리의 길이가 다른 의자나
아귀가 뒤틀린 탁자에 둘러앉아
몸의 갈피를 잡느라 안간힘이다

그러거나 말거나
마주 앉은 사람의 얼굴을 건너뛰고
저편에 앉은 사람의 뒤통수를 보며 팥죽을 뜨는 사람들은
굳게 잠긴 뒷문처럼 단호하게
새알심을 꼭꼭 씹으며
한통속으로 입술이 붉어진다

성큼성큼 서로의 말을 건너뛰며
그들은 벌써 동지의 긴긴 밤을 건너고 있다.

| 김창균 |

• 1966년 평창 진부 출생. 1996년 《심상》으로 등단.
• 시집 〈녹슨 지붕에 앉아 빗소리 듣는다〉 〈먼 북쪽〉 〈마당에 징검돌을 놓다〉 등.
• 산문집으로 〈넉넉한 곁〉이 있음.
• 2007문화예술위원회 창작지원금 및 제4회 발견작품상 받음.
• 현재 한국작가회의 회원. 고성고등학교 교사
• 전화번호: 010-3846-1239

박민수

박민수 • 달력 외 4편

책상 앞 책꽂이 위에 놓인
삼각 달력 하나
한 해가 다 가는 어느 날에도
새해 첫날 바로 그 자리
그 날짜 그대로 놓여 있다.
가는 세월 바로 찾아
제 할 일 다 하게 해주어야 했지만,
게으른 내가 그 가는 세월
한 자리에 붙들어 놓고 말았다.
그리하여 달력의 세월 그냥 거기에 있고
나 홀로 세월을 보냈으니
문득 내가 어리석음을 알겠다.
내 세월 덩달아
그냥 그 자리에 묶어 두었다면
아직 나도 외로이
그 자리에 머물러 있을 터인데
그걸 몰라 가는 세월 가는 대로
한 해 열두 달 아까운 줄 모르고
이리 덧없이 보내고 말았으니….

뻐꾸기

이른 아침
앞 강변 나뭇가지 위 홀로 앉아
허공 속 애절히 쏟아내는 뻐꾸기 울음소리
비 온 아침 하늘 푸르듯
높이 높이 한없이 청명하다.
누군가를 애태워 부르는 듯
그 목소리 천지 가득 출렁이지만
돌아오는 대답 소린 어디에도 들리지 않는다.
나도 한 생애 지금껏
누군가 이름 모를 그를 향해
홀로 던지는 애절한 목소리로 살아왔지만
그것은 그냥 마음속 외로운 파도일 뿐
그리운 그 사람 내게 모습을 보이지 않았다.
뻐꾸기처럼 그토록 애절한 것은 아니었지만
돌아보니 나의 삶이란 산 너머 누군가를 향한
그리움의 기나긴 강줄기였다.
그리하여 이 아침도 창문을 열고
나 홀로 하늘 멀리 누군가를 향해
뻐꾸기처럼 뻐꾹뻐꾹
덧없는 그리움의 오래 된 손짓
다시 보내 본다.
아아, 우리 삶이란
이런 것이다.

손짓

내가 사는 곳 강가 아파트
이름 모를 새 한 마리
홀로 어느 날
창밖 허공 날아 멀리
그립듯 바삐 가고 있다.
문득 나도 누군가 그립다.
날개 있어 자유롭다면
푸른 하늘 높이 솟구쳐
그를 향해 나도 멀리
달려가고 싶다.
앞 강물 저쪽 산하나 높이 섰고
그 위에 구름 한 점
나를 부를 듯 외로울 때
꺽꺽 목울음소리 길게 내며
나도 그리운 사람 그를 위해
나뭇가지 위 홀로 앉아
한없이 오래도록 기나긴
손짓 보내고 싶다.
아무 대답 없어도 아름다운
내 오랜 추억을 위해
그렇게 목소리 덧없이 높이며
이리 와, 이리 와
그리운 사람 오래도록
그렇게 부르고 싶다.

인생길

내 사는 마을
멀리 흐르는 앞 강물 높은 허공에는
날마다 가마우지 검은 날개들
떼 지어 서쪽 저 산 너머로
바삐 날아들 간다.
거기에 무엇이 있는지 모르지만
쉼 없이 달려가는 검은 날갯짓들
아마도 누군가 그리운 이 있어
저리 바쁜 걸음일 터이지만
그 그리움 문득 내게도
파도처럼 출렁일 때 많다.
한 생애 땅에 발 딛고 살다가
어느 날인가 하늘길 가는
우리 인생,
때로 이것이 슬픔처럼 아플 때도 있지만
가마우지 떼 저리 바쁜 날갯짓을 보면
하늘길 저쪽 마을 오솔길 펴진 그곳에
내 그리운 이 그가 홀로 서서
나를 향해 반가이 손짓 흔들고 있을 듯
문득 우리 인생 하늘길 가는 것이
슬픔만이 아닌 것 같다.
하늘길 닿는 그곳에 이르면 정녕
기쁘게 나를 맞을 하얀 손짓의 누군가
봄 나비처럼 꽃향기 풍기며 덥석
나를 품어줄 것이기에.

자유

사람들은 자유를 갈망한다.
그러나 자유는 어디에 있는가?
내 안에 갇힌 오랜 고독의 순간들
슬픔의 순간들, 눈물들…
허망한 절망들 비 오는 날의
한없는 그리움들
어디로 갈지 몰라 헤매던
많은 세월
문득 솟구치는 추억의 그림자들
돌이켜보면 나에겐 자유가 없었다.
아마도 자유란 저 먼 허공 속
누군가 홀로 흔드는
손짓일지니, 이 밤 문득
창밖 그 누가 외로이 서서
나를 부르는 듯 자꾸만
눈이 그리로 간다.

| 박민수 |

• 춘천 출생. 문학박사(서울대학교). 춘천교육대학교 교수와 총장 역임. 1975년 《월간문학》 신인상 등단. 시집으로 〈강변설화〉〈낮은 곳에서〉〈잠자리를 타고〉〈시인, 시 를 초월하다〉〈어느 그리운 날의 몽상〉 등. 산문집으로 〈시인, 진실사회를 꿈꾸다〉가 있음. 논저 〈현대시의 사회 시학적 연구〉〈한국현대시의 리얼리즘과 모더니즘〉〈하나님의 상상 력〉 등. 주소 : 춘천시 새청말길 26, 117동 802호(강변코아루). 2011년부터 〈박민수뇌경 영연구소〉 설립 운영. 연락처 : 010-5362-6105. 전자주소 : minsu4643@naver.com

박해림

박해림 ● 햇볕 반쪽 ─오래 골목 · 1 외 3편

부수다 만 벽 한쪽이
서툰 바리깡질에 파헤쳐진 머리만 같아서
사막 위 뜬금없는 난전이 펼쳐진 것만 같아서 눈을 둘 데가 없다
기댈 데 없는 햇볕이 뜨다만 털실처럼 뭉쳐져 있는 것이
하루 일당을 놓쳐버린 일용직 노동자만 같아 보이는 것이다

오후 늦도록 오래 골목이었던 그 땅에 햇볕 반쪽이 쭈그려 있다

마네킹, 마네킹
— 오래 골목 · 3

골목이 사라지자 사람들의 걸음이 빨라진다
쫓기는 사람들처럼 뛰고 걷는다
우후죽순처럼 솟아오른
유리빌딩이 함께 뛰고 걷는 동안

유리진열대의 마네킹은 사람이 되고
유리 건물 속의 사람은 마네킹이 된다

이 모두가 유리빌딩 속으로 숨어버린
골목 탓이라고 해두자

가슴에 남은 골목의 흔적마저 사라질까 봐
뒤도 안 돌아보는 것이라고 해두자
…
라고
말해도 하나도 궁금하지 않을
낙화 분분한
봄날
오후가,

발신인도 없이 숨 가쁘게 도착한다

길고양이
— 오래 골목 · 7

잠은 어디서 자는 거니?
밥은 먹었니?

또 어디로 가는 거니?

담벼락에 깊이 몸을 묻고
매번

야옹!
야옹!

야아옹!

2, 3음절 울음 한 번 던지면 그뿐이다

골목 어귀에서부터 숨죽이고 따라붙다가
돌아보면 어느새 사라지고 없는

며칠 후면
골목 하나가 또 사라질 것이다

K 시인

입동 지나 눈발 흩날리는데
오랜 친구를 만난다
귀밑까지 눌러쓴 모자가 제법 실하고
가슴팍까지 끌어올린 방한복의 지퍼가
이즈음 가장 근사했다

잠시 눈발 속을 걷자며 주머니에
손을 찔러넣은 시인의 눈빛은 형형했다
어깨를 움츠리는 대신 포, 포, 포 웃음을 날렸다
치킨집을 여럿 보내고 해장국집은 멀어졌지만
참새처럼 법석을 떨며 지저귀었다

국숫발 같은 눈발이 턱에 내리꽂힐 때
으싸, 으싸 되받아치며
주머니를 꼭 움켜쥐고 있는 것이
칼을 품고 때를 엿보는 것만 같아
가슴이 출렁이는 것이었다

손을 빼서 가슴을 벗어 보이라고
툭툭 어깨를 칠까하다가 잎 떨어진 나뭇가지
멀어진 하늘을 본다 눈발이 어지간하고
저녁 찻집의 모과향도 흩어져
막 시작한 계절이
어두워져 가는 골목길만 같아서 자꾸 뒤돌아보는데

두어 걸음 앞서 걷는 시인의 호주머니에서
영롱한 날을 숨긴 초저녁 별이
툭툭, 투투툭 눈발처럼 눈물처럼
쏟아져 내리는 것이었다

| 박해림 |

• 부산 출생. 1996년 《시와시학》 시 등단.
• 1999년 대구시조, 서울신문, 부산일보 신춘문예 시조 당선.
• 1999년 월간문학 동시 당선.
• 시집 〈그대, 빈집이었으면 좋겠네〉 외, 시조집 〈못의 시학〉 외, 동시집 〈간지럼 타는 배〉,
  평론집 〈한국서정시의 깊이와 지평〉 〈우리시대의 시조 우리시대의 서정〉
• 수주문학상, 김상옥시조문학상 수상 등.
• (현) 계간 《시와소금》 부주간, 도서출판 《소금북》 대표.
• 이메일 : haelim21@hanmail.net / 휴대폰 : 010-9263-5084

양승준

양승준 • 꽃 피는 삶 외 4편

미술 칼럼니스트 손철주의 에세이집
『꽃 피는 삶에 홀리다』를 읽던 중
갑자기 마음 한 켠이
와락, 무너져 내리는 것이었다

과연 내게도 꽃 피는 삶이 있었던가
피고 지는 것이
단지 생물학적 나이만의 문제는 아니겠지만
지금의 내 나이가
지는 삶인 것은 누구도 부정할 수는 없을 터,
허나 꽃이 지려면
먼저 꽃이 피어야 하는 것은 당연한 이치,
그렇다면 내 삶도 언젠가 꽃이 피었었다는 말씀?
아, 꽃이 지지도 않았는데
아니 아직 꽃을 피우지도 못했는데
어찌 꽃이 진다는 겐지
오만 가지 생각과 그 언저리를 맴도는 잡념들이
한여름 밤의 몽상으로 번져 가는데
나흘째 계속되는 장맛비를 뚫고
어디선가 이런 소리가 들려오는 것이었다

이봐, 얼치기 시인 선생!
꽃 피는 삶이든 꽃 지는 삶이든
한 번이라도
당신 삶에 흘려본 적은 있었나?

전등사傳燈寺 수국

강화도 전등사 대웅보전 뜰에서
화사하게 피어난 수국 꽃무리를 보았네
수백 수천, 색색의 꽃잎들이
대자대비하신 석가모니불을 향해
일제히 동자승 손톱만 한 작은 입을 벌려
나직하게 찬불가를 부르고 있었네
그 모습이 얼마나 앙증맞던지
명부전冥府殿 지장보살까지 빙그레 웃고 계셨네

문득, 나도 머리 깎고
이곳 적묵당寂黙堂으로 들어가
눈 감고 입 닫고
오직 귀 하나만 열어놓은 채
시시각각 염하鹽河*를 건너오는 뭍 이야기는
장화리 낙조마을 너머 서해로 날려버리고
정족산 바람소리와 동막리 파도소리에 귀 기울이다가
계절이 몇 차례 바뀐 다음
통통하게 살 오른 가을 전어처럼
넉넉해진 영혼으로 돌아가고 싶었네

그러나 온종일 이렇게 꽃잎 틔워도
끝내 열매 맺을 수 없는 무성화無性花 수국처럼
나 역시 아무런 결실을 얻지 못할지라도
결코 뉘우치거나 아쉬워하지는 않을 것이네

세상엔 꽃잎 한 장 피워보지 못하고
마감하는 생도 무수히 많을 테니까
때마침 예불을 알리는 범종 소리가
광대한 꽃숭어리를 이루어
저녁 산사에 가득 쏟아지고 있었네

* 염하 : 강화도와 김포 사이의 강화 해협.

청명 무렵

아침엔 얼갈이 배춧국을 먹었고
저녁엔 고등어구이를 먹었습니다
낮엔 잠시 상수리나무 숲길을 걸었으며
밤엔 나지막이 시를 읽었습니다

배춧국은 시원했고
고등어구이는 담백했습니다
적당한 햇살에다 바람마저 부드러워
걷는 건 자못 가벼워졌지만
돋보기에 의지하고도
시 읽기는 그다지 쉽지 않았습니다

저는 태음인이라 소양인인 아내와는
먹는 것도 즐기는 것도 많이 다르지만
서로에게 길들여진 생활방식을 바꾸기엔
함께한 삼십 년은 너무 길었습니다
그래도 우리는 가장 추울 때 태어난
같은 물병자리입니다

갈수록 빠르게 진행될 노화 속에서
제가 해야 할 일은
우리 두 사람을 감싸고 있는 살가죽들이
하루가 다르게 낡아가는
이 생생한 중력의 현장을

매일 아내와 함께
즐겁게 확인하는 것입니다
아, 내일은 또
어떤 하루가 우리를 기다릴까요

사이

언제부턴가 어머니는 이렇게 말씀하셨다
"둘째야, 건강이 최고란다
다른 건 신경 쓰지 말거라"
그건 이른 나이에 직장을 나온 자식에게
당신께서 해줄 수 있는
가장 합당한 이야기였으리라
하지만 밥벌이의 고통을 아내한테 맡긴 내게
건강 걱정이 과연 가당키나 했을까

오늘도 나는
아침 해가 침실 창을 두드릴 때까지
합당하다와 가당치 않다 사이에
길게 누워 있었다
그 넓고 확연했던 틈새는
갈수록 좁아지고 애매해져
백수 생활이 십 년 가까이 되고 보니
어디까지가 합당하고
어디부터가 가당치 않은지
구분조차 할 수 없게 되었다

그건 분명 적당히 뭉뚱그리거나
쉽게 기준점을 없애버린 결과였을 터,
다시 말해 제멋대로 판단하고
편한 대로 결정했기 때문이었을 것이다

그럼에도 불구하고
내가 이제껏 궁금해하는 것은
파도가 조개의 무늬를 각기 다르게 만들 듯
대체 무엇이
내 삶의 무늬를 결정했느냐는 것,
아무리 생각해 봐도 난
너무 잘못 살았다

갑년암甲年庵

이제부터 나는 이 집을
갑년암이라 부르겠다
온종일 좁은 방에 들어앉아
말문까지 닫아걸고
서쪽 하늘을 응시하고 있는 내 모습이
저 내설악 만경대萬景臺 아래의
오세암五歲庵 선승들을 연상하게 하는 데
크게 모자라지는 않을 터

낮밤 없이 관세음보살을 부르며
광명 진언光明眞言을 암송하는 것은 아니어도
육신의 죗값을 덜어내기 위해
내 안에다 일종의 해자垓字를 만들어
스스로 나를 그 속에 가두는 방법으로
감히 시의 정토를 꿈꾸었던 많은 나날들

먼 옛날, 다섯 살 동자가
관음의 신력으로 죽음에서 살아났듯이
내가 무명無明의 오랜 망집에서 벗어나
광대무변한 부처의 품안에 들 수만 있다면
비록 누대에 전할 만한
시 한 편 남기지 못했을지라도
갑년에 이른 내 목숨은
그리 추하지는 않을 것

오늘도 내가 이런 발원을 안고
사십 년이 넘도록
시에 용맹정진하고 있는 것이라면
갑년암 운운하며 으스대는 나를
당신도 너그러이 용서할 수 있을 것

| 양승준 |

• 1956년 춘천 출생. 1992년 《시와시학》 및 1998년 《열린시조》등단. 시집 「몸에 대한 예의」, 「적묵의 무늬」,
「뭉게구름에 대한 보고서」, 「슬픔을 다스리다」, 「위스키를 마시고 저녁산책을 나가다」, 「영혼의 서역」, 「사랑, 내
그리운 최후」, 「이웃은 차라리 없는 게 좋았다」. 시선집 「고비」. 연구서 「한국현대시 500선-이해와 감상」 상 ·
중 · 하 등. 원주예술상 및 강원문학상 수상. 현재 《시와시학》 편집위원 및 원주문인협회 명예회장.
• 주소 : (26406) 원주시 모란1길 86, 109동 1302호(한라비발디A)
• 전화 : 010-5578-8722 / • 이메일 : oldcamel@hanmail.net

윤용선

윤용선 • 그냥 웃으십시오 외 4편

무언가는 해야 할 것 같아
늘 해야지, 해야지 하면서도
정작은 일상의 작은 무엇 하나
제대로 챙겨 건사하질 못합니다
까맣게 잊고 지나치다가
꼭 때를 놓칩니다
어쩌면 나는
잘 길들어진 게으름이지 싶습니다
그러니 내가
딱 이솝우화에 나오는 여우처럼
저 포도는 실 거야 하더라도
그냥 웃으십시오
빤한 속내까지는 들추려 마시고
그저 모르는 척 딴청이나 하십시오
그래야 나도 따라 웃으며
마냥 행복할 테니까요

그래 생각해 봤습니다

갈수록 몸도, 마음도 점점 찌뿌드드합니다
그런데도 여전히 여기저기 들쑤시고 다닙니다
될 일, 안 될 일 하나 제대로 가리질 못하면서
쓸데없이 아등바등댑니다
자꾸 구시렁거립니다
왜 이러는지 모르겠습니다
긴 시간 지켜 볼 것도 없이
단 한 발만 물러서면
웬만한 일은 다 거기서 거기란 걸
이미 겪을 만큼 겪어 알만할 텐데
괜히 딴청에, 어깃장을 놓습니다
그래 생각해 봤습니다
가령 누군가가
오늘은 참 쨍하다고 할 수 있는 건
그가 어제까지의 어느 날엔가
결코 쨍하지 않은 것을
이미 겪어 알기 때문이 아닐까 하고
그러니까 쨍하다는 건
물리적으로야 어떨지 모르겠으나
밝음과 어둠에서처럼
쨍한 것과 쨍하지 않은 것 사이의
어떤 상태일 테고
누구나의 마음 깊은 곳에 웅크리고 있는
욕구나 욕망 따위가 빚어내는

낭자한 세상일 가운데 하나일 테니
이제부터는 하나씩 내려놓자고
내려놓고 그저 바라보자고
어렵게 생각 하나를 정리해 봤습니다

알다가도 모르겠네

우리 사는 데서
빠듯하고 팍팍한 걸 빼고 나면
거기, 더는 뭐가 남겠나
빈 달빛처럼 괴괴하기나 할까
아니면 저 높은 하늘에 마음 없고
밤이면 밤마다 소리 없이 피어나는
꿈속의 달맞이꽃이기는 할까
혹, 누가 알겠나
살다보면 '열려라, 참깨' 한 번에
세상 뒤집어지는 날벼락을 맞을지
허나 그게 다 어떻단 걸 뻔히 알면서
어쩌자고 그 흉한 덫에 걸려드는지
그래서 하루아침 아주 깨끗이 거덜 내고
야반도주했다는 그런저런 풍문이 떠도는지
오늘도 눈앞에서 벌어지는 세상일의 속내란 게
워낙 만화경 속보다 요란하고 어지러워
나 같은 숙맥은 알다가도 모르겠네
점점 더 모르겠네

* 「점점 더 모르겠네」를 고쳐 씀.

오늘, 더 그리운

겨우 내내
하루 매화 한 송이씩 치며
모진 추위를 견디고
새봄을 맞았다는
옛 선현들
그 오랜 마음의 길을 좇아
하루 시 한 수 짓고
거기 매화 한 송이씩 얹어
마침내
『매화로 피우는 봄 이야기
구구소한도九九消寒圖』를 묶은
시인 김성수는
세상 어떤 매화보다
향기 맑고 자태 그윽한
이 시대 마지막 정신이다
몹쓸 바람만 휑휑한
오늘, 그가 더 그리운 것도
그 까닭이다

한 생이란 것은

한 생이란 것은
어디 쓰일 자리에
반듯하게 놓이길 기다리는
가구거나 무슨 용품 같은 걸까

오직 단 한 번

아주 멀리까지 날아가
하얗게 폭발하여 끝을 내는
징그러운 포탄 같은 걸까

이도 저도 아니면

해바라기처럼
그리움의 사막 터벅터벅 건너는
낙타의 오랜 갈증 같은 걸까
한 생이란 것은

| 윤용선 |

- 1943년 춘천 출생. 강원일보 신춘문예와 월간 《심상》 신인상으로 등단.
- 시집 〈가을 박물관에 갇히다〉 〈꼭 한 번은 겨자씨를 만나야 할 것 같다〉 〈딱딱해지는 살〉과 인물시집 〈사람이 그리울 때가 있다〉가 있음. 산문집 〈조용한 그림(공저)〉 등.
- 춘천 작은도서관운동 공동대표, 강원국제비엔날레 이사, 문화커뮤니티 금토 이사장 역임.
- 현재 심상시인회, 수향시낭송회 회원, 강원문인협회 자문위원, 현재 《시와소금》 편집자문위원, 춘천문화원장.
- 주소 : 24415 춘천시 지석로 97, 101동 402호(석사동 현진에버빌1차아파트)
- 휴대전화 010-4217-3079 / • 이메일 : 4you1009@hanmail.net

이화주

이화주 • 깨진 돌도 다시 보라고요? 외 4편

학예사 아저씨
아저씨는 어떻게 석기를 잘 찾아요?
천 번 허리를 굽혀
깨진 돌을 보고 보고 다시 보면
어디선가 돌도끼를 만들던 아이가 나타나
'바로 이거야' 하며 찾아준단다.

오월의 나뭇잎

나무야!
오월의 나무야!
네 찻숟가락으로
나도 달콤한 봄볕 봄비
떠먹고 싶다.

괜찮지?

산불 지나간 뒤
태어난 지 나흘 된
쌍둥이 송아지가,
서로 머리를 비비고 있다.
'괜찮지?'
'응'
'너도 괜찮지?'
'응'
소리 없는 말
주고받고 또 주고받고

마애불

누굴까?
'바위 속에 있는 나를 꺼내줄래?'
부처님 말씀 알아들은 그 소년
매미처럼 바위에 붙어
쪼고 다듬으며
부처님 꺼내느라
아마 할아버지 되었겠지.

살구

살구 한 알
손전등이다.

할머니와 손잡고
더듬더듬
할머니 기억 속으로 걸어 들어간다.

'삐이걱'
캄캄한 어둠 속 숨어있던
오래된 문 열리니

와! 황금살구나무 아래서
나 닮은 아이 책을 읽고 있다.

바람이
살구를 따서
자꾸자꾸 던지는 줄도 모르고

| 이화주 |

- 1948년 경기 가평 출생.
- 1982년 강원일보 신춘문예와 《아동문학평론》으로 등단
- 동시집 〈아기 새가 불던 꽈리〉 〈내게 한 바람 털실이 있다면〉 〈뛰어다니는 꽃나무〉
  〈손바닥 편지〉 〈내 별 잘 있나요〉 〈이화주 동시 선집〉 〈해를 안고 오나봐〉 등이 있음.
- 그림동화 〈엄마 저 좀 재워주세요〉가 있음.
- 강원아동문학상, 강원문학상, 강원펜문학상, 한국아동문학상, 윤석중문학상 등 수상.
- 현 초등학교 국어 교과서에 동시 〈풀밭을 걸을 땐〉이 실려 있음.
- 춘천교육대학 부설초등학교 교장으로 정년 퇴임.
- 주소 : 춘천시 우석로 101번길 86, 107동 1402호 (석사동, 대우아파트) (우24318)
- 연락처 : 010-8605-5099 / • 전자주소 : cchosu@hanmail.net

임동윤

임동윤 • 딛는 발이 허공 같다 외 4편

춘천에서 통영까지 다섯 시간
다음날 다시 통영에서 춘천까지 운전을 했다

휴게소에서 두 번 쉬었는데도
거실 바닥을 딛는 내 다리가
허공을 붕붕 떠서 걷는 것 같다

엑셀을 너무 오래 밟은 탓이다
다리의 근육과 피돌기가
깡마른 주목처럼 제대로 작동하지 않는다

저 산등성이에 걸린 노을처럼
이 가을은 재빨리 눈보라에 저물지도 모른다

어쩌면 마지막 계절이 될지 모른다고
내가 나에게 넌지시 타이른다

아랫도리

백두대간 눈보라가 휘몰아칠 때마다
가지가 꺾인 저 나무는
비바람과 폭염에도 의연히 잘 버틴다
품 안에 굼벵이를 안느라 속이 썩어 텅텅 빈,
비틀려서도 저 나무는
아랫도리에 잘 마른 구멍 하나 마련하고 있다

그곳으로 새들이 알을 까고 새끼를 친다
그만큼 오래 산 나무는 아랫도리를 내어준다
마을의 느티나무가 그렇고
어머니의 장롱이 되어준 오동나무가 그렇다
눈보라와 비바람을 피할 수 있는
텅텅 비어 잘 마른 아랫도리 속으로
굼벵이와 벌레들이 떼거리로 몰려와 일가를 이룬다

썩고 말라 비틀어졌어도
아깝지 않게 아랫도리까지 내어준다면
캄캄한 세상 누군들 등불이 되지 않으랴
눈보라에 귀때기가 차갑고
혹한에 몸통은 파르르 떨려오지만
누군가의 팔에 기대고 싶은 날,

나, 넉넉한 아랫도리 하나 마련하고 싶다

근황

50여 년 시를 썼는데도 그 맛을 모르고 산다
적멸의 한가운데 누워 잠 못 드는 밤에도
승냥이 울음을 쫓아가 보기도 하지만
그 봄 뜨락에는 제대로 된 풀 한 포기 자라지 않았다

꽃피우지 못한 파지破紙만 내 키보다 높게 쌓여만 간다
50년이 흘러갔다, 돈도 명예도 없는 일에 왜 목매다냐고…
그런데도 모른 척 읽고, 생각하고, 쓰고, 또 쓰고…
숱한 밤이 파지破紙를 만들어냈다

그리하여, 시성詩聖이 될 거라고 믿었다
누구의 가슴을 데워줄 큰 그릇이 될 거라고
아니, 적의와 울분의 나날이 씻겨갈 거라고 굳게 믿었다
다시 단풍 진다는 소식에 컴퓨터를 켠다
모니터 화면의 커서가 깜박이는 동안 상상력을 극대화한다

동굴의 길은 여전히 막막하다
축축이 젖은 석순과 종유석을 더듬는 동안
어디서 낙엽이 지고 언뜻 눈발이 날린다
시는 생각하는 머리가 아니라, 시는 읽는 눈이 아니라
시는 쓰는 손이 아니라, 시는 만드는 기술이 아니라

그냥 바람이 되고
눈발이 되어주는 일
가만히 헐벗음을 덮어주는 일

밀면

춘천에서 먹는 평양냉면은
부산에서 먹었던 밀면 맛이다

피난 시절 먹을 것이 없어서
구호물자로 나온 밀가루를
냉면처럼 만들어서 먹었다는 그 음식

이제 밀면엔 메밀이 없어지고
밀가루와 전분만 들어 있다

여름에는
동치미 국물의 시원한 맛으로
겨울에는
뜨겁게 끓여서 체온을 데우던 그 맛으로

후루룩 쩝쩝 한 그릇 비워내던
이젠 아무 곳에서나 맛볼 수 없는,
퇴촌 밀면집에 가서나 맛볼 수 있는,

부산엔 못가고
춘천 영서로에 있는 평양냉면집에 가서
냉면 아닌 밀면만 먹고 온다

참, 고맙다

위층 아이들이 쿵쾅거리며 뛰어다닌다
부모님이 출타 중인가보다, 그 소음을 가리려고
TV 소리를 한껏 높이지만 가려지지 않는다

우리 집에도 손주가 오는 날은 쿵쾅거린다
그런데도 아래층 주인은 아무런 내색조차 없다
불평불만 없이 잠잠하다

집을 비웠는가,
궁금해서 여러 번 밖에 나가 올려봤는데
아래층은 불이 환히 켜져 있다

층간 소음에 칼부림이 났다는데
모른 척 눈감아주는 아래층이 참, 고맙다

| 임동윤 |

• 경북 울진에서 태어나 강원 춘천에서 성장했으며, 1968년 강원일보 신춘문예에 시로 등단한 후, 1992년 문화일보와 경인일보에 시조로, 1996년 한국일보에 시로 당선하였다. 시집으로 〈연어의 말〉〈나무 아래서〉〈함박나무 가지에 걸린 봄날〉〈아가리〉〈따뜻한 바깥〉〈편자의 시간〉〈사람이 그리운 날〉〈고요한 나무 밑〉〈숨은 바다 찾기〉〈저 바다가 속을 내어줄 때〉 등 12권이 있다. 한국문화예술위원회, 경기문화재단, 강원문화재단, 춘천시문화재단 등 전문예술창작지원금 8회 수혜하였다. 수주문학상, 김만중문학상 등을 수상했으며 한국작가회의 회원이자 《표현시》 동인으로 활동하고 있다.

정주연

정주연 • 봄눈 내린 아침의 변주곡 외 2편

전날은 아침밥도 굶었고
분루憤淚에 얼룩진 쓰린 마음을 지우기 위해
허기진 점심밥을 먹고
식곤증에 잠이 든 오후 서너 시간
땅거미가 새벽인 줄 일어나 보니
그 사이 세상이 하얗게 변해 있다
칠흑의 어둠을 뚫고
늦은 봄눈이 펑펑 쏟아져 내리고 있다

아, 어쩌면!
미세먼지에 잡힌 겨울 가뭄에 꿈도 꾸지 못했는데
이런 경이의 새 세상이 짠하고 등장을 하다니
마지막 겨울의 선물일까요
이래서 세상일은 아무도 모른다고 하는가 보다
오래 메마른 가슴에 무조건 차오르는 풍성한 기쁨

넝마처럼 누추한 내 마음을 치유해 주려고
세상을 살아내게 해주는 밤새 신이 작곡한 이 환희의 변주곡
모든 만물은 다 하루아침에 변할 수도 있다는 희망의 메시지
이 뜻밖의 국면전환
봄눈 내린 아침
세상살이의 숨은 비의를 순백으로 현시顯示하고 있음이여
목마른 이들의 동트는 새벽이여

인생사진관

영화관이 있는 대형 상가 건물
전면 구석에 인생사진관이 있다
거기 유리 진열장 안에
좌우 벽면에는 알콩달콩 이런저런
생의 꽃밭
지난 세월
올망졸망한 시간의 눈금들이 클로즈업되어 한결같이 웃고 있다

미소 띤 눈동자 속에
포개어 마주 잡은 손길 안에
혹은 엄숙한 표정 속에
기쁨과 슬픔, 생의 고단한 그림자들
그 안의 어떤 아픔들이 슬쩍 고개를 들어
내 빈약한 어깨에 기대듯 조그만 소리로 말을 건다

발가벗은 우리 아가 백일사진
'저 고추 좀 봐요' 얼마나 자랑스럽던지
내 주름진 눈매 끝의 속말은
그 모든 것들이 다 사랑이었다오
지상의 유일한 등불 존귀한 선물이지요

이 생의 달콤하고 쓰디쓴 열매를 탐닉해
아득히 먼 우주 몇억 겹의 광년을 가로질러
지구별의 지상 여기에 초대받은 존재인 것을

인생사진관 문을 열고 나오며
눈부신 햇살에게 두 손을 모아본다

겨울 저녁바다 이야기

봄을 숨긴 남해 겨울 바다

잘 생긴 금목서 나무 벤치 아래
흰 매화꽃 몽올이 터질 듯 통통해져 있는데
아까부터 하염없이 회한에 젖은 듯한
아직은 장년의 노신사 중절모 아래 은빛 귀밑 머리칼도
바람에 날리는 바바리코트 자락도
노을빛에 물들어 장엄한 풍경이 되고 있는데

그는 이 바닷가 마을에서 무언가 인연이 있었던 것만 같다
사랑했는지
아파했는지

황금 연못으로 물드는 잔잔한 파도의 물 이랑을 따라
발밑에서 찰랑대는 썰물 소리
모래 물거품으로
시간의 수첩 속에서 뜯겨져 내린 빛나던 생의 페이지들이
흰 배를 들어낸 물고기 떼처럼
한 무리의 갈매기처럼
이제는 저무는 밤바다의 검은 파도를 타고 있다

| 정주연 |

• 2001년 평화신문 신춘문예 등단.
• 시집으로 〈하늘 시간표에 때가 이르면〉〈선인장 화분 속의 사랑〉 등.
• 강원여성문학상 우수상. 강원문학작가상 수상.
• 한국시인협회, 가톨릭문인회, 강원문인협회, 강원여성문학인회 이사, 춘천문인협회 회원.
• 주소 : 강원 춘천시 동내면 학곡리 원창고개길 12315.
• 전화 : (033) 262-1764, 010-8901-1720. / 전자주소 : jy-june@hanmail.net

조성림

조성림 · 사과를 읽다   외 4편

아침마다 여자는 사과 한 개를
네 조각으로 나누어 접시에 내놓았다

사과는 무슨 노래처럼
아삭 아삭 발소리를 내며
멀리 사라져갔다

작년엔 집 앞 텃밭에
사과나무 두 그루를 심어
내가 사라지고 없어질 이 땅에서도
향기를 전해달라고 가슴으로 말했다

어린 시절
잘 익은 능금 빛깔을
책상 위에 걸어놓고 며칠씩이나
감탄으로 보낸 적이 있었는데

사과나무는 늘 그렇듯
겨울을 빠져 나와 아무 말 없이
꽃을 가지마다 매달고
그 능금 창고에 태양의 말씀을
차곡차곡 쌓아가고 있겠지만

오늘도 나는 그 연금술을 믿으며
사과나무 속으로 걸어가고 있다

아침못

햇살이 금빛 부채처럼 쏟아지는
겨울 정오
예술가 넷이서 못 둑을
하염없이 걸어갔다

연못 얼음은 제법 두꺼워
얼음에 구멍을 내고
겨울물고기를 잡는 사람도 있었다

아주 옛날에는 숲으로 연못이 둘러싸여 있었고
둑에는 이백 년 넘은 아름드리 소나무도
그림같이 있었으나 나중에 확장되어
소나무도 그림도 사라졌다고
구십 중반의 아버지는 말씀하셨다

연못은 논과 밭에 그 옛날부터
마치 젖줄처럼
맑은 물을 떠먹여 주었을 것이다

그 아버지는 역사의 수난 속에
아침못과 더불어 살았다 했다
수난이 뼛속까지 스며
가슴이 먹물처럼 어두워 왔다

그리고 산천은 아무 일 없었던 듯
햇빛으로 그림을 그리고 있었다

그래도 밤을 새우고 기다려
아침 해를 빠짐없이 받아내던 연못은
언 채로
봄을 꿈꾸고 있었다

정라진

바다로 떠나는 주막인
포구의 옛 이름

나도 청춘을 포구에 벗어버리고는
먼 세월로 떠나갔다

기억의 여름 부두에는
진저리쳐지도록 따라오던
비린내가 있었다

뱃전에 수없이 부서지던 파도가
어시장에 쌓이고 쌓여
흥성거리던 고함들이
소주에 젖어 비틀거리기도 하였지만
비린내는 부두가 불러주던
가슴을 파고드는 노래였다

바다로 훌쩍 떠나고 싶은
꿈들의 발목이 처절하게 울던
숱한 밤들,

거기 흐드러지게 피어나던 봄 벚꽃이
바다 가득
배에 실려 가는 것도 보았다

이마를 씻는 파도를 넘기며
별들로 가득하던 그 밤이, 오늘
그래도 눈부신 수평선으로 달려오고 있다

곡우

어제는 곡우 날
비는 없고
볕이 좋아
뒤란 텃밭에
삽으로 땅을 파 엎고
채소 씨앗을 묻었다

흙을 파고드는 삽 소리는
예리하고 깊었다

씨앗들은 제각각
모양과 크기가 달라도 모두
생명의 그림자를 품었다

씨앗들은 어두운 땅속에서
자신을 버려
거짓말처럼 새싹을 내밀 것이다

옥수수 활콩 상추 시금치 얼갈이배추 무 근대 파를
차례대로 묻으니
무슨 신성한 의식 같았다

일상생활을 받쳐주는 고귀한 이름들…

동이 틀 무렵
어두운 창가에는 벌써
멧새가 와서 사랑처럼 울었다

신선한 새벽
이 부활의 날
원시의 삽 소리 같은 새벽

상처

그대의 눈물 자국을
나는 사랑한다

그대의 꽃 진 자리를
나는 사랑한다

상처 위에
꽃 피어나고

상처 위에
시가 돋아났다

상처 없는 사람 보았는가

그 상처들 아물어
사랑이 되고
거기
열매가 되고
가을이 오는 것을 보았다

이 세상
상처 위에 꽃피고
상처 있어
사랑이 열리는 것 멀리 보았다

| 조성림 |

• 1955년 강원도 춘천 출생
• 2001년 《문학세계》 신인상 당선으로 등단.
• 시집으로 『지상의 편지』 『세월 정류장』 『겨울노래』 『천안행』
  『눈보라 속을 걸어가는 악기』 『붉은 가슴』 『그늘의 기원』이 있음.
• 2018년 〈그늘의 기원〉 한국문화예술위원회 문학나눔도서 선정됨.
• 한국문화예술위원회, 강원문화재단 전문예술창작지원금 수혜하였으며,
  홍천여자중학교 교장 및 춘천문협 회장 역임.

최돈선

최돈선 • 솔개는 거기 애초에 없었다   외 2편

절 너머 저 산
솔개 한 마리 날고 있다
카메라를 들이대니
솔개 어느 새 간 데 없고
저녁 해
추녀 끝 풍경에 걸려
댕그랑,
발갛게 달은 불알을
조용히 흔들어댄다

40년 후

40년도 더 된 먼 날이다
그때 나는 청년이었고
월정사로 근두운 타고 갔었다
월정사 위쪽 상원사엔 탄허 스님이 계셨다
문수동자와 함께 동종소리 귀동냥하고
저녁 노을 속에 서 계셨다
나의 사부인 대진 스님과 아주 절친이어서
난 하마터면 머리를 박박 밀 뻔했다
한강 발원지 우통수에 텀벙 빠져
이무기가 될 뻔했다

세속은 한없이 달콤하고 유혹적이어서
난 티끌 속에 묻혀
육신이 하얗게 바래지는 것도 몰랐다
가을을 마흔 번도 더 넘겼을 무렵
어느 날 오대산이 나를 청정한 메아리로 불렀다
전나무 숲은 벌써 오도송을 마쳤는지
기침소리 하나 없었다

풍경만이 몸을 댕그랑 댕그랑 흔들어
바람의 여울을 휘저을 뿐
속으로 가만히 합장해보아도
깨칠 것 없고 바랄 것 아무것도 없으니
몸만 새처럼 가벼웠다

문득 스님들 선방을 지나다
할!
열반송 한 구절 엿듣게 된다면
나는 나를 고요히 놓을 수 있겠다
그것으로 억겁윤회를 끊어
무심히 생을 무화할 수 있겠다

나 돌아가리

나 돌아가리
돌아가 홀로 빈방에 칩거하리
마음 밖 세상사람 멀리 하고
새를 부르리
눈이 나려도 백석의 나타샤는 결코 오지 않으리
창문 열어 겨울하늘 바라보면
지치고 굶주린 겨울새 내 방으로 와 깃을 접으리
그러면 입김 호호 불어
지난날 내게로 온 친구의 시집을 펼쳐 읽으리
시 한 구절 가슴에 깊이 심고
아름다운 산문 한 구절 종소리처럼 들어주리
문득 산그늘 이마에 서늘히 닿아올 때면
고슴도치처럼 몸을 웅크리리
햇살이 겨우 손바닥만 하게 고인 그 자리에
오래오래 머물러 귀 기울이리
교회당 종소리 아득히 저녁을 불러올 무렵
영혼의 새 하늘로 돌아가리
그리움 하나 빈 가슴을 빠져나와
소리 없이 떠나가리
어디선가 눈을 터는 원시림 소리 밤새 들려와
잠을 뒤척일 때면
지난날의 나로 하여 상처받은 이의 이름
간절히 간절히 불러내어 용서를 구하리
밤이 더 깊어지고 그냥 난 백치로 남아
그렇게 홀로 내 마른 생을 기억하리

| 최돈선 |

- 1970년 《월간문학》, 《동아일보》 당선으로 작품 활동 시작.
- 시집으로 〈칠년의 기다림과 일곱 날의 생〉 〈허수아비 사랑〉 〈물의 도시〉와
  산문집 〈외톨박이〉와 서정시 모음집 〈나는 사랑이란 말을 하지 않았다〉 외 다수.
- 청선문화예술원 창작지원금 수혜.
- 2013년 창작동화 〈바퀴를 찾아서〉 인형극으로 중국 순회공연.
- 2013년 희곡 〈파리블루스〉 외 다수 소극장 여우에서 공연.
- 주소 : 강원도 춘천시 후평동 (세경4차아파트) 409동 505호
- 연락처 : 010-2844-6126 / • 전자주소 : mowol@naver.com

한기옥

한기옥 • 민들레에게 보내는 겨울 엽서 외 4편

키 작다고 투덜대지 않는 네가 난 좋아
왜 하필 거름기 한 톨 없는 시멘트 바닥 틈새냐고
탓하지 않는 네가 난 좋아
어쩌다 아무도 눈길 주지 않는 고목나무 가지 끝에 태어나
이토록 외로운 거냐고
징징대지 않는 네가 난 좋아
사람들이 밟고 지나갈 때
내가 사는 것 같아요
행복한 마음엔 외로움이 들지 않아요
깔깔깔
뭉개진 얼굴로 아무 일 아니라며
자꾸자꾸 꽃대를 밀어 올리는
네가 난 좋아
바보 같고 천치 같은 네가
난 어쩐지 좋아
너 떠난 안골 집 마당을
저물도록 서성이네

전생에서부터 날아온 화살 하나가

가래골 화자 씨 네 강아지 발리
사람만 보면 슬금슬금 숨어들기 일쑤라 마음 두지 않았었다
귀공자 같은 풍모에 반해 맑은 눈을 들여다보다
등짝을 두어 번 쓸어 주었었나?
산길 가로질러 집에 오는데
침침한 어둠 속에서 얌전히 고개를 수그린 녀석이 보이는 것이었다
우엉차를 마실 동안 잠자코
곁을 지키고 있던 녀석이 사뭇 내 뒤를 따라오고 있었던 것이다
불을 비춰 집으로 가라고 손짓했더니
금세 울음을 쏟을 듯한 눈으로 내 쪽을 보고 있다
어느 생에서 우리 만났었던 걸까
도무지 기억에 없는 작고 가녀린 몸을 가진 영혼 하나가
내 앞에서 사무치는 자세를 풀지 않고 붙박혀 서 있는 거다
전생에서부터 날아온 화살 하나가
가슴에 와 콕 박히는 일
그 이후론 내 의지와 상관없이
흘러가는 게 생이길 바랐던 시절도 있기는 했었다
그 시절은 날 너무 멀리 떠내 밀어 버렸고
발리 돌아가고 집으로 오는 길목
밤바람이 차다

저 사람대가리 같은 놈들을

꽁지 붉은 새 나뭇광 틈에 알을 낳았다
주린 배를 채우러 나갔다 오는 일 말고는
후덥지근한 둥지에 들어앉아 요지부동이다
비좁고 캄캄하지만
태어날 새끼들이 무사한 곳이란 걸
진즉부터 아는 눈치다
나 새대가리 같은 놈이라고
누군가를 놀리며 손가락질한 적 있다
새대가리 속 진중함과
새대가리 속 뜨거움이 밀어낼 세상 감히
짐작 못했었다

알 품으러 들어온 어미 새를 전혀 안중에 두지 않은 채
나뭇광에서 들뛰다 쓰레기통을 뒤엎고 야옹거리는 길고양이들을 향해
혹시 어미 새 푸념할지도 모르겠다

에잇!
저 사람대가리 같은 놈들을 다 보겠네

남 반장네 개

남 반장네 개는
누군가 눈 안에 들어오면
인정사정 안 보고 짖는다
이빨을 사람 가까이 들이대며 안골이 떠나가라 짖는다
눈알이 벌겋다
진정하라 말하면 더 막무가내다
워낙 사람들이 안 다니는 동네라
많이 외로웠다고
바람처럼 지나치지 말고
멈췄다 가면 안 되겠냐고 말하는 건지도 모르는데
당신이 내 집 앞을 지날 때면 난 심장이 뜨거워진다고
고백하는 걸지도 모르는데
도망치듯 지나쳐오고 나서 나는 또 생각한다
외롭다고 그대 앞에
자존심 같은 거 내팽개치고
나 미친개처럼
울어본 적 있나

이럴 땐 길도 나도 못난이라

안골 오는 사람들마다 한마디씩 한다
산빛이 곱군요
시내 가까운 데 이런 외진 데가 있네요
길이 좁아 차를 만나면 비켜주기 어렵겠어요
길 좋아지면 집값 오를 거야요
시에다 지청구를 넣으세요

이럴 땐 가만히 치악산 봉우리를 올려다보는 게 상책이다
길 좋아져 땅값 오르면
잘나고 돈 많은 이들이 그냥 놔두겠냐고
나처럼 게으르고 못난 사람 차지가 오겠냐고
말할까 하다가
이럴 땐 길도 나도 못난이라
얼마나 다행한 일이냐고
슬며시 가슴을 쓸어내려 보곤 하는 것이다

| 한기옥 |

• 강원 홍천 출생
• 2003년 《문학세계》 신인상 등단.
• 시집으로 〈안개소나타〉가 있음.
• 원주문학상, 강원작가상 수상.
• 원주문인협회, 강원문인협회, 한국문인협회, 수향시낭송회 회원.
• 주소 : 원주시 소초면 평장안골1길 150-25/ 원주시 일산동 (삼성아파트) 1동 1402호
• 연락처 : 010-9650-0304
• 이메일 : eunhasu34@hanmail.net

한승태

한승태 · 사치奢侈 외 4편

낮잠 자고 일요일 오후를 빈둥거렸다
초등생 딸이 요리책 펴고 반죽을 주무르자
서서히 노을은 창으로 들어와 거실에 가득 찼다
책을 뒤적이고 채널을 돌리다 음악을 바꾸고
저녁 곁을 지키며 나는 괜히 서성거렸다

일주일을 한 달을 무엇을 바라 달려왔던가
기억해주지 않는 걸음은 지쳤고 거울은 보기 싫어졌다
몸속에 간들거리는 불꽃을 훅 불어 꺼버리고 싶었다

되직한 반죽에 손가락을 담근 딸은 내게
물을 조금 더 부으라고 하였던 것도 같고
오븐 속 붉은 공기는 딸아이의 콧노래로 부풀고
남은 것은 어두워오는 떡갈나무 숲으로 건너가
소쩍새 울음으로 둥그러지고 별은 바삭바삭 빛났다

콧노래에서 시작한 불은 내 몸으로 옮겨와
아랫배를 덥히거나 아궁이의 알불로 타오르고
장작냄새와 밥 짓는 냄새 속을 종종거리다
몸 둘 바 모르던 마음도 바삭하고

공주탑에 기대어

— 뱀을 기다리며

아주 아주 오랜 전 이야기랍니다
그래요 이건 신기한 이야기랍니다

뇌우雷雨가 그친 어느 맑은 봄날 아침
그대는 폭우가 데려온 것이 분명했습니다
무언가에 이끌려 피리를 불었을 뿐이지만
땅이 부르면 하늘이 답하듯
오래 전부터 합을 맞춰온 선율

아주 아주 오랜 전 이야기랍니다
이것은 세상에 없었던 이야기랍니다

한 번도 들은 적 없는 아름다운 일
다가가면 사라지는 신기루 같은 일
왕가王家의 언덕을 넘나드는 소문 같은 일
더 깊어지고 더 어두워지는 일
현絃을 따라 사람과 짐승이 심장을 바꾸는 일
이게 세상을 어지럽히는 소리인가요?

아주 아주 오랜 전 이야기랍니다
상냥한 가슴에 가득한 이야기랍니다

애벌레가 꽃나무에서 몸 바꾸는 일
아지랑이 따라 우는 그대의 해금

흩날리는 꽃잎도 다른 세상의 일 같은 거
꽃잎을 밀어내는 잎사귀의 힘 같은 거
결국에는 이승과 저승 국경을 넘나드는 거

아주 아주 오랜 전 이야기랍니다
일렁이는 물결에 의지한 마음이랍니다

상냥한 마음에서 추방당한 연인이여
날 위한 일이니 미워하지 말라하지요
별빛은 한꺼번에 사라져버리고
내 눈물 상관없이 축포는 터져 빛나더라도
나 이미 그대 음률에 목멘 악기랍니다

천사의 나팔

청개구리 나발 불고 소낙비 그친 저녁은 여름
치정과 복수에 이어 흙냄새를 전염시키는 세간이여

그대에게 용서를 구할 시간이다 나팔소리와 함께
사도使徒가 이끌고 당도하는 천국의 때깔과 향기

마감 기사와 저녁식사를 함께 해결하는 오늘
내 오랜 절망도 결국 사랑으로 끝나리란* 속삭임

평화로운 꽃말이 황량하게 젖고 있는 식당
한때 무덤덤했던 평화는 태풍의 전주前奏

접시에 내놓은 사과가 저녁 공기에 색이 변하는 동안
지상에는 초록이 하늘에는 새로운 구름이 점령하고

어제 죄를 진 내가 오늘의 내가 아니더라도
내일은 오지 않을 것 같다는 묵시默示의 하늘

눈꺼풀을 감지마라 다시 나팔소리 울리고
다 쓸고 갈 거다 초록과 구름이 대홍수처럼

심판이 오고 노을이 지고 설령 구원을 약속받더라도
개밥바리기별은 내 목에서 여전히 사금파리겠다

* 예이츠 시, 「사랑하는 이가 사랑을 잃고 구슬퍼하네」 중에서

잠에 들다

세상 소리 다 듣는 천수관음千手觀音의 촛불
유리창마다 그 여리고 긴 손가락들
걱정이란 걱정 몸에 다 들이고 오히려 중심은 텅 비어
아스팔트에서 피뢰침 너머 구름까지
소리를 울려 하늘을 둥글게 감싸 안는 범종
오랜 예언 끝에 서서히 움직이는 당신

물방울 오시네

호령하듯 산 너머 오시는 너울 파도
베란다 장독대 뚜껑일랑 서둘러 덮고빨래도 걷고
갈매기 날개로 사선으로 내려앉으려다
급박함에 속을 뒤집는 이웃 살구나무와 후박나무 이파리
아파트 벽 앞에 몸을 일으켜 닫힌 창문 두드리네
바람이 쓰르라미를 먹고 쓰르라미는 휘파람새를 먹고
살구는 걱정을 떨구고 고춧대를 쓰러트리고

물방울 오시네

내 귀는 구름으로 부풀다 가물가물하고
악몽을 밟고 안으로 쓱 들어오시는 고래의 보살행
전생에서 현생까지 물방울 깊어지는 소리
손가락 끝에서 여리고 긴 촛불 타오르네

목련은 떨어지고

어둠 너머 개가 짖고 이제
너는 세상 모든 두려운 이

얼굴을 안고 떨어진다
허기를 안고 떨어진다

밖으로 난 창문을 닦는 건 나인데
아무래도 나를 바꾼 건 너 같고

눈 감으면 꽹과리소리 들린다
너의 혀는 대지 깊숙이 젖어있고

너는 심장을 불 밝히고 왔으나
이제 짙푸른 지옥을 맛보겠다

밤하늘에 소용돌이치는 별빛
명두明斗 빛나는 씨앗이 되었다

| 한승태 |

• 강원도 내린천에서 태어나 시를 쓰다. 대학과 대학원에서 프랑스 문학와 영상문화를 접했다. 1992년 《강원일보》 신춘문예와 2002년 《현대문학》 신인상으로 작품 활동. 산문집으로 〈#아니마〉가 있고, 디지털 시집 『불을 품고 어디로』가 있고, 종이시집 『바람분교』의 분교장으로 활동하며 춘천시 후만로 126번길 31 (대우아파트) 8동 203호에 현재 살고 있다.

허 림

허 림 • 대부도 가는 길 외 1편

너는 너로 산다
나는 나로 살고
너는 나로 살 수 없고
나는 너로 살 수 없다
너는 너의 말을 하고
나는 나의 말을 한다 어쩌다,
나는 너의 말에 귀 기우리고
나는 너의 말을 듣는다
너는 나의 말에 귀 기우리다가
너는 나의 말에 고개를 끄덕인다
귀 기우리고
끄떡이는 동안
나는 네게로 기울고
너는 내게로 끄떡인다 가끔,
나는 너로 살고
너는 나로 산다

대부도 가는 바닷길이 열리고 있다

너에게
나는 섬이었다

빈정

말이란 게
사람을 이어주는 실 같은 것인데
어느 순간부터 말이 자꾸 끊긴다
끊겨진 말을 이어보고자
옆구리 찔러도 보고
저녁 먹으러도 가고
여행을 가기도 했지만
그냥, 먼 길 가듯 말이 없다
말의 끝이 마른 샘 같다
목이 마르고
말은 말이 되지 않고
아무 생각 없이
밥그릇에 얼굴을 묻고
미친 듯이 먹는다
음식에서 복이 나온다 했나
겨우 '꺽' 일어선다
당신 왜 그래. 뭘
그만두자 그만
할 말이 생각나지 않아 말을 삼킨다

| 허 림 |

• 홍천에서 태어났다. 강원일보 신춘문예에 시가 당선되어 지금까지 글을 쓰고 있다. 시집으로 〈울퉁불퉁한 말〉 〈말주머니〉 〈거기, 내면〉 〈엄마 냄새〉 등 여러 권 있으며, 지금은 내면에 살고 있다.
• 연락처 : 010-2282-7749.
• 전자주소 : gjfla28@hanmail.net

황미라

황미라 · 따뜻한 길 외 3편

늪에도 길이 있습니다
대암산 용늪에 놓인 데크를 밟고 나는 걸어갑니다
질퍽한 한가운데를 지나가고 있는 것입니다

이 높고 푸른 산정에 늪이라니
짐작도 안 되는 우리네 삶의 함정 같습니다

띄엄띄엄 작은 물웅덩이도 있습니다
필시 바람이 구름을 끌고 들어간 모양입니다
철쭉도 고개를 쭉 빼고 하늘을 들여다보는 걸 보면 틀림없습니다

이웃이 늪에 빠져 죽었다는 어린 날의 풍문이
물웅덩이에 잠깐 스멀거리지만
하늘도 구름도 물먹지 않는 투명한 이 힘은 어디서 오는 걸까요

길은 어디에도 있네요
누군가 놓은 데크를 따라, 오늘도 세상을 무사히 걸어갑니다

인북천, 오디를 따다

인북천은 북쪽에서 흘러온다는데
우리는 인북천을 거슬러 북쪽으로 걷는데
까맣게 익은 오디 주렁주렁 달려있어 똑똑 따먹는데

나뭇가지 너머 저쯤에 DMZ 철책선이 있다는데
북쪽 어느 골짜기에서 내려왔을지도 모를
오디나무 뿌리를 따라 유월을 노니는데

촬촬 바윗돌 휘돌아 흐르며
금강산에도 여름이 깃들었다고 인북천이 귀띔하는데
오래전 금강산 관광길에 황달기 심하던 안내원
지금은 건강한지, 행여 소식이나 전해주려나
꺽지, 황쏘가리, 배가사리, 어름치… 이름을 불러보는데

동강 난 이 나라 산천이 말없이 들려주는 이야기
오디즙 고인 입안 가득 슬픈 알이 스는데
달콤하다, 쓰다, 달콤하다 쓰다, 쓰다,
가는 길 울컥 목메는데

황홀한 기적

알겠네
내 안 어딘가에 있는 서늘한 습지
심장 쿨렁쿨렁한 해묵은 이야기
썩지도 못하고 퇴적한 이탄층을

대암산 용늪에서 자꾸 뒤돌아보는데
풀도 아니고 흙도 되지 못한 깊이가 반만년,
사무치는 무엇이 있어 질퍽한 늪이 됐을까

여기에도 길이 있다니
살아갈 수 있다니

용늪에서 알겠네
생의 한지寒地에서 눈물 머금고 흘려보낸 시간들이
마침내 끈끈이주걱 같은 그리운 뿌리들을 키워낸다는 것을
오래된 슬픔도
유월 용늪에 핀 산목련처럼 향기롭게 벙글 수 있음을

우렁이의 혜안

인북천 초입에서
우렁이농법으로 벼를 키우는 논을 만났다
벼 포기 사이로 느릿느릿 기어가는
우렁이가 여기저기 슬어놓은 빨간 알들이 꽃 같다

잡초는 잘 먹지만 벼는 질겨서 못 먹는다는 우렁이
그래서 벼가 살고 사람이 밥을 먹는 거구나
눈앞에 있는 어떤 거, 내 것이 못 된다고 억울해할 일 아니네

우렁이가 벼를 못 먹는 게 아니라 안 먹는 건 아닐까
일찍이 사람과 함께 사는 길을 깨우친 건 아닐까
햇살 반짝이는 논물 속 우렁이 한참을 들여다보았다

| 황미라 |

• 1989년 《심상》으로 등단.
• 시집 〈빈잔〉 〈두꺼비집〉 〈스퐁나무는 사랑을 했네〉 〈털모자가 있는 여름〉이 있음.
• 시화집으로 〈달콤한 여우비〉가 있음.
• 주소 : 춘천시 서부대성로 332 (청구아파트) 101동 1603호 (우24316)
• 이메일 : hmrf89@daum.net
• 휴대폰 : 010-2395-7385

표현시동인회 연보
(1969~2019)

▣ 표현시동인회 연보(1969~2019)

▮1969년
- 가을, 박민수 윤용선, 임동윤, 최돈선이 의기투합하여 강원 도내 최초로 《表現詩》동인을 결성하다.
- 최돈선 동인이 임동윤(1968년 강원일보 시 당선)에 이어 강원일보 신춘문예에 〈봄 밤의 눈〉으로 당선되다.

▮1970년
- 08월 20일 《표현시》 제 1집을 춘천인쇄소에서 간행하다.
- 창간호에 〈동인백서〉를 수록하여 《표현시》 동인이 추구해야 할 바를 시단에 알리다.
- 05월 최돈선이 《월간문학》 신인상에 〈시점〉이 당선되어 문단에 등단하다.
- 박민수 〈장성〉 외 편. 윤용선 〈데드라인〉 외 4편, 임동윤 〈해〉 외 5편, 최돈선 〈순결한 고독〉 외 4편의 신작시를 창간호에 선보이다.

▮1971년
- 08월 15일 《표현시》 제 2집을 강원출판사에서 간행하다.
- 01월 최돈선 동인이 동아일보 신춘문예 동시부문에 〈철이와 남이의 하루〉로 당선하다.
- 5월 임동윤은 군 입대로 작품을 수록하지 못하다.
- 박민수 4편, 윤용선 4편, 최돈선 7편의 신작시를 수록하다.

▮1972년
- 09월 01일 《표현시》 제 3집을 박민수 동인의 주도로 원주 남궁인쇄소에서 간행하다.
- 군에 입대한 임동윤은 복귀했으나 최돈선은 행방불명, 할 수 없이 구고에 1편만 골라 동인지에 수록하다.
- 박민수 4편, 윤용선 장시 1편, 임동윤 2편, 최돈선 1편의 신작시와 임일진의 초대시

1편을 수록하다.

• 01월 윤용선 동인 강원일보 신춘문예에 〈산란기〉로 당선을 하다.
• 최돈선 동인이 다시 복귀하다.
• 02월 01월《표현시》제 4집을 박민수 동인의 주도로 원주 남궁인쇄소에서 간행하다.
• 최돈선 4편, 윤용선 4편, 임동윤 4편, 박민수 3편의 작품을 수록하다.

■1974년
• 09월 01일《표현시》제 5집을 박민수 동인의 주도로 원주 남궁인쇄소에서 간행하다.
• 특별기고로 김영기 평론가의 〈표현시 점묘〉와 박일송, 임일진, 박명자, 이성선, 정일남 시인의 시를 각 1편씩 수록하다.
• 전태규 시인이 동인에 참여하여 동인 5명이 되다.
• 윤용선 4편, 임동윤 3편, 최돈선 1편, 박민수 3편, 전태규 3편의 신작시를 싣다.

■1975년
• 05월 박민수 동인《월간문학》신인상 공모에 〈광야에서〉가 당선되어 문단에 등단하다.
• 06월 01일《표현시》제 6집을 박민수 동인의 주도로 원주 남궁인쇄소에서 간행하다.
• 박민수 4편, 윤용선 4편, 임동윤 4편, 전태규 3편, 정일남 4편, 최돈선 1편의 신작을 싣다.
• 정일남 시인이 동인에 합류하여 동인 숫자가 6명이 되다.

■1976년
• 06월 01일《표현시》제 7집을 박민수 동인의 주도로 원주 남궁인쇄소에서 간행하다.
• 정일남 동인이 〈투우〉외 4편으로 신작 소시집을 마련하다.
• 윤용선 2편, 전태규 5편, 최돈선 2편, 박민수 2편의 신작시를 싣다.

▌1977년

- 06월 01일 《표현시》 제 8집을 박민수 동인의 주도로 원주 남궁인쇄소에서 간행하다.
- 책머리를 윤용선의 〈하얀 소묘집〉 5편과 최돈선의 〈내촌강〉 외 1편으로 신작특집으로 꾸미다.
- 박민수 3편, 전태규 4편, 정일남 3편의 신작시를 싣다.

▌1978년

- 11월 01일 《표현시》 제 9집을 윤용선 동인의 주도로 다시 춘천으로 옮겨 조양기업사에서 간행하다.
- 박민수 5편, 윤용선 4편, 전태규 5편, 정일남 5편, 최돈선 4편의 신작시를 수록하다.
- 04월 박민수 동인의 첫 시집 〈강변설화〉를 시문학사에서 간행하다.

▌1981년

- 12월 박민수 동인의 제 2시집 〈생명의 능동〉을 한국문학사에서 간행하다.

▌1982년

- 08월 05일 《표현시》 제 10집을 윤용선 동인의 주도로 제일인쇄에서 간행하다.
- 임동윤의 사정으로 윤용선 13편, 박민수 8편, 최돈선 21편으로 3인집으로 발간하다.
- 표지는 함섭 화가의 그림으로 디자인하다.
- 전태규, 정일남이 동인에 참여하지 못하다. 다시 4인 체제로 돌아가다.
- 여러 가지 사정으로 동인지 발간을 잠시 중단하기로 결정하다.

▌1984년

- 최돈선 동인이 첫 시집 〈칠년의 기다림과 일곱 날의 생〉을 영학출판사에 간행하다.

▌1986년

- 11월 박민수 동인의 제 3시집 〈개꿈〉을 도서출판 오상사에서 간행하다.

■1988년
• 최돈선 동인의 첫 산문집 〈외톨박이〉가 동문선에서 나오다.

■1989년
• 최돈선 동인의 칼라시화집 〈허수아비 사랑〉이 동문선에서 출간되다.
• 11월 박민수 동인의 시선집 〈당신의 천국〉을 인문당에서 펴내다.

■1991년
• 06월 박민수 동인의 제 4시집 〈불꽃 춤 하얀 그림자〉를 도서출판 오상사에서 간행
  하다.

■1992년
• 01월 임동윤 동인이 경인일보 신춘문예에 〈나의 노래〉란 시조로, 3월엔 문화일보
  국내 최초로 실시된 문예사계 춘계공모에 〈대장간에서〉라는 시조로, 10월엔《월간
  문학》시조공모에 〈지리산고로쇠나무〉외 1편으로 당선되다.
• 09월 임동윤 동인이 제7회 청구문화제 전국 문예공모전에서 시 부분 〈통고산의 겨
  울〉로 대상을 수상하다.

■1993년
• 05월 임동윤 동인이 계간《시와시학》신인상공모에《겨울판화집》연작시 6편으로
  당선되다.

■1994년
• 5월 임동윤 동인이 첫 시집 〈은빛 마가렛〉을 계간 시 전문지《시와시학》에서 출간
  하다.

■1995년
• 02월 박민수 동인 춘천 수향시낭송회 회장에 취임하다.

■ 1996년
- 01월 임동윤 동인이 한국일보 신춘문예에 〈안개의 도시〉로 당선되다.
- 09월 박민수 동인의 제 5시집 〈낮은 곳에서〉를 도서출판 고려원에서 간행하다.

■ 1997년
- 03월 박민수 동인 춘천교육대학교 총장에 취임하다.

■ 1998년
- 05월 15일 18년 만에 강원문예진흥기금을 받아 서울 새미출판사에서 임동윤의 주도로 《표현시》 11집 〈안개의 도시〉를 발간하다.
- 창립 멤버인 박민수, 윤용선, 임동윤, 최돈선만 동인에 복귀하여 박민수 동인이 대표집필한 자서에서 〈우리 다시 여기 있음을〉 한 목소리로 외쳤다.
- 박민수 15편, 윤용선 16편, 임동윤 15편, 최돈선 15편을 동인지에 수록하다.
- 복간 기념으로 유병훈 화가가 동인 4명의 얼굴을 스케치해 주었고, 이를 책에 수록하였다.
- 처음으로 ISBN을 받아 책을 발간하였다.

■ 1999년
- 11월 20일 표현시 제 12집 〈영화 샤만카를 보러갔다〉를 강원도민일보사에서 간행하다.
- 박기동, 황미라가 동인으로 참여하다. 동인이 6명으로 늘어나다.
- 박기동, 황미라의 특집으로 각 12편, 박민수 7편, 윤용선 21편, 임동윤 14편을 수록했으나 최돈선은 장시 1편을 수록하는데 그쳤다.

■ 2000년
- 11월 20일 강원도민일보사에서 〈고래는 무엇으로 죽는가〉라는 제목으로 강원도문예진흥기금을 지원받아 표현시 제 13집을 간행하다. 표지는 함섭 화가의 그림으로 디자인하다. 김창균 시인이 동인에 참여하다. 김창균, 황미라, 박기동, 최돈선(4편), 임동윤, 박민수, 윤용선의 작품 10편씩 수록하다. 표현시동인 연혁을 책 말미에 싣다.

- 박기동 동인이 〈다시, 벼랑길〉을 한결출판사에서 발간하다.
- 최돈선 동인의 시집 〈물의 도시〉가 도서출판 고려원에서 출간되다.
- 임동윤 동인이 한국문화예술진흥원이 주는 한국문학 특별창작지원금 1,000만원을 수혜 받다. 아울러 지학사 간 고등학교 지리교과서 댐 단원에 「안개의 도시」가 수록되다.
- 김창균 시인이 새 식구로 참여하여 동인이 7명으로 늘어나다.

■ 2001년
- 임동윤 동인이 경기문화재단 문화예술진흥기금을 수혜 받고, 시집 〈연어의 말〉을 계간 문예지 〈문학과경계〉에서 출간하다.

■ 2002년
- 9월 임동윤 동인이 부천시가 주관하는 수주 변영로문학상 전국 공모에서 〈나무아래서〉란 작품으로 대상을 수상하다. 상금 500만원을 받다. 또한 한국문화예술진흥원의 시집 발간 지원금을 받아 세 번째 시집 〈나무아래서〉를 도서출판 다층에서 간행하다.
- 12월 21일 《표현시》 제 14집 〈디지털 속의 타클라마칸〉을 도서출판 ART한결에서 간행하다.
- 황효창 화가의 그림으로 표지를 장식하다.
- 김재룡, 허문영 시인이 동인으로 참여하여 동인이 9명으로 늘어나다.
- 김재룡, 허문영, 김창균, 황미라, 박기동, 최돈선(2편), 임동윤, 윤용선 동인의 작품 8편씩을 수록하다. 박민수 작품은 동인 사정으로 싣지 못하다.
- 책 후미에 동인연보를 처음으로 간단히 싣다.

■ 2004년
- 08월 백담사 모임에서 김남극 시인을 새 식구로 받아들이기로 하여 동인이 총 10명으로 늘어나다.
- 12월 31일 《표현시》 제 15집 〈뜨거운 절망〉을 12월 31일 도서출판 한결에서 출간하다. 표지그림은 함섭 화가의 그림에 신동애 님이 디자인하다.
- 《표현시》동인의 자서 〈젊은 시인을 기다려? 아니 스스로 젊은 시인이 되기로!〉를 책

머리에 싣다. 특집으로 박민수, 윤용선 동인의 2인 소시집을 기획하여 각 10편과 소시집 해설을 곁들여 수록하다.

- 김남극, 김재룡, 김창균, 박기동, 임동윤, 황미라, 허문영 동인의 작품 5편씩 싣다.
- 제 15집 발문으로 최종남 소설가의 〈표현은 시를 아는 사람들의 고향〉을 책 후미에 수록하다.
- 책 후미와 뒤표지 날개에 《표현시》 동인 연보를 수록하다.
- 임동윤 동인이 한국문화예술진흥원 창작지원금을 수혜 받아 네 번째 시집 〈함박나무가지에 걸린 봄날〉을 문학과경계에서 출간하다.

■2005년
- 임동윤 동인이 경기문화재단 문화예술진흥기금을 받아 다섯 번째 시집 〈아가리〉를 문학의전당에서 출간하다.

■2006년
- 02월 22일 가평의 수림농원에서 윤용선 동인의 초등 교장 정년퇴임 기념시집 〈가을 박물관에 간히다〉와 기념문집 〈조용한 그림〉을 출판기념회를 열다.

■2008년
- 《표현시》 16집 〈새 한 마리 강 건너 복사꽃밭에 가다〉를 02월 29일 도서출판 한결에서 출간하다. 표지그림은 함섭 화가의 그림으로 디자인하다. 책머리의 글은 박기동 동인이 맡았으며, 박민수 동인의 작품 16편으로 정년기념 작품집으로 꾸몄다. 김남극, 김재룡, 김창균, 박기동, 윤용선, 임동윤, 최돈선, 허문영, 황미라 동인의 작품 6편과 함께 박민수 동인에게 전하는 편지글을 특별히 수록했다. 책 말미에 동인 주소록을 싣다.
- 박기동 동인이 〈나는 아직도〉를 도서출판 한결에서 간행하다.

■2010년
- 《표현시》 17집 〈백 년 동안의 그네타기를〉를 02월 28일 도서출판 한결에서 출간하다. 표지그림은 황효창 화가의 그림으로 디자인하다. 특집 컬러화보로 지상 시화전을 열다. 김남극 시에 신대엽 그림을, 김재룡 시에 이종봉 그림을, 김창균 시에 이외

수 그림을, 박기동 시에 신철균 그림을, 박민수 시에 서숙희 그림을, 윤용선 시에 최영식 그림을, 임동윤 시에 박홍순 그림을, 최돈선 시에 이외수 그림을, 황미라 시에 김명숙 그림을, 허문영 시에 이광택 그림으로 지상 시화전 작품을 만들다.
- 책 머리글은 '어려움의 시대를 넘어' 라는 제목으로 김창균 동인이 집필하다. 화갑 특집으로 임동윤, 최돈선 동인의 자작시와 초대시, 그리고 초대산문이 실렸으며, 김남극, 김재룡, 김창균, 박기동, 박민수, 박해림, 윤용선, 허문영(8편), 황미라 동인의 작품 5편씩 수록하다. 책 말미에 동인 주소록을 수록하다.
- 임동윤 동인이 남해군에서 기금 1억으로 공모하는 제1회 김만중문학상 작품공모에서 유배문학부문에 당선하였다. 작품은 「초옥 가는 길」 외 6편이었다.

▌2011년
- 《표현시》 18집 〈만주라는 바다〉를 12월 03일 도서출판 한결에서 춘천시문화재단 보조금 일부를 지원받아 출간하다. 표지그림은 황효창 화가의 그림으로 디자인하다.
- 특집으로 '시, 화폭에 담다' 를 권두화보로 수록하다. 김남극 시에 이광택 그림을, 김재룡 시에 신대엽 그림을, 김창균 시에 황효창 그림을, 박기동 시에 한영호 조각을, 박민수 시에 유병훈 그림을, 박해림 시에 백윤기 조각을, 윤용선 시에 함섭 그림을, 임동윤 시에 신철균 그림을, 최돈선 시에 최영식 그림을, 한기옥 시에 이정여 그림을, 허문영 시에 정현우 그림을, 황미라 시에 김명숙 그림을 화가의 창작노트를 곁들여 수록하다. 18집 머릿글은 '개망초 편지' 제목으로 김재룡 동인이 집필하다.
- 박기동과 황미라가 신작소시집을 집필했으며, 중국 심양의 김창영, 한영남, 박경상, 정란 시인의 시 작품이 특집으로 참여하다.
- 김남극, 김재룡, 김창균, 박민수, 박해림, 윤용선, 임동윤, 최돈선, 한기옥, 허문영 동인의 작품 5편씩 수록하다.
- 최돈선 동인의 서정시 모음집 〈나는 사랑이란 말을 하지 않았다〉가 해냄에서 출간되다.
- 임동윤 동인이 경기문화재단 문화예술진흥기금을 받아 여섯 번째 시집 〈따뜻한 바깥〉을 나무아래서 출판사에서 발간하였다.
- 03월 박민수 동인 〈박민수뇌경영연구소〉를 설립히다.

■2012년

• 《표현시》 19집 〈오, 낯선 저녁〉을 12월 30일 도서출판 한결에서 춘천시문화재단 보조금 일부를 지원받아 출간하다. '여러가지 문학적 표현을 생각하며'의 책 머리글을 허문영 동인이 집필하다.

• 신작 소시집 특집은 김창균 동인이 자신의 자화상을 쓴 다른 시인의 시와 함께 10편을 발표하다. 김창균 동인의 시 읽기는 박용하가 '독실한 시를 읽다'라는 제목으로 쓰다.

• 김남극(4편), 김재룡(4편), 박기동(2편), 박해림, 윤용선, 임동윤, 최돈선(4편), 한기옥, 허문영, 황미라 동인의 작품 5편씩 수록하다.

• 최돈선 동인이 제1회 청선문화예술원 창작지원금 1천만 원을 수혜 받다.

• 03월 임동윤 동인이 계간 시전문지 《시와소금》을 창간하다. 소금과 같은 시를 소개한다는 창간이념을 가지고 통권 4호까지 강행하다.

■2013년

• 《표현시》 20집 〈끈질긴 오체투지〉를 12월 28일 도서출판 한결에서 춘천시문화재단 보조금 일부를 지원받아 출간하다.

• '이 시대의 내면을 쓰는 일이 가치 있다는 인식'의 책 머리글을 김남극 동인이 썼으며, 특집으로 춘천이야기에 대한 산문을 박기동 박민수 최돈선 동인이 쓰다.

• 신작 소시집은 허문영이, 김남극, 김창균, 박기동, 박해림, 윤용선, 임동윤, 한기옥, 황미라 시인의 작품 각 5편씩 수록하다.

• 최돈선 동인의 창작동화 〈바퀴를 찾아서〉가 꿈동이 인형극단에서 인형극으로 만들어 중국 순회공연하다. 또한 희곡 〈파리블루스〉를 소극장 여우에서 공연하다.

• 06월 박민수 동인의 제 6시집 〈잠자리를 타고〉가 17년 만에 임동윤 시인이 운영하는 나무아래서 출판사에 간행되다. 08월 사단법인 춘천고(古)음악제 이사장에 취임하다.

• 임동윤 동인이 경기문화재단 문화예술진흥기금을 받아 일곱 번째 시집 〈편자의 시간〉을 나무아래서 출판사에서 발간하였다.

■2014년

• 10월 10일 《표현시》 21집 〈쓸모없는 쓸모를 찾아〉를 시와소금에서 춘천시문화재단

보조금 일부를 지원받아 출간하다.
- 11월 중순 동인지 출판기념회 모임을 춘천 온의동 곰배령에서 갖다. 이 자리에서 김순실 양승준 이화주 정주연 조성림 한승태 허림 시인을 동인으로 영입하기로 합의하다. 이에 동인이 18명으로 몸집을 불어나다.

■2015년
- 7월 20일 《표현시》 22집 〈춘천〉을 강원도 강원문화재단 한국문화예술위원회 보조금을 지원받아 《시와소금》에서 출간하다. 새로운 동인인 김순실 양승준 이화주 정주연 조성림 한승태 허림 시인의 신작시를 수록하다.
- 7월 20일 임동윤 동인의 시집 〈사람이 그리운 날〉을 춘천시문화재단 지원금을 받아 도서출판 소금북에서 발간하다.
- 7월 30일 박해림 동인의 시조집 〈미간〉을 춘천시문화재단 문화예술 지원금을 받아 시와소금 시인선으로 출간하다.
- 8월 30일 박해림 동인의 시집 〈그대, 빈집이었으면 좋겠네〉를 강원문화재단 창작지원금을 받아 시와소금에서 출간하다.
- 9월 최돈선 동인의 시집 〈사람이 애인이다〉를 강원문화재단 창작지원금을 받아 도서출판 한결에서 출간하다.

■2016년
- 7월 15일 《표현시》 23집 〈괜찮은 사람〉을 강원도 강원문화재단 한국문화예술위원회 보조금을 지원받아 《시와소금》에서 출간하다.
- 6월 10일 조성림 동인의 시집 〈붉은 가슴〉을 강원도 강원문화재단 한국문화예술위원회 전문예술창작지원금을 받아 시와소금에서 출간하다.
- 7월 10일 임동윤 동인의 시집 〈고요한 나무 밑〉을 강원도 강원문화재단 지원금을 받아 도서출판 소금북에서 발간하다.
- 9월 30일 허림 동인의 시집 〈거기, 내면〉을 강원도 강원문화재단 한국문화예술위원회 전문예술창작지원금을 받아 시와소금에서 출간하다.
- 10월 15일 허문영 동인의 산문집 〈생명을 문화로 읽다〉를 강원도 강원문화재단 한국문화예술위원회 전문예술창작지원금을 받아 시와소금에서 출간하다.
- 12월 10일 윤용선 동인의 인물시집 〈사람이 그리울 때가 있다〉를 춘천시문화재단

지원금을 받아 시와소금에서 출간하다.

▮2017년

- 8월 30일 《표현시》 24집 <봄은 먼길로 돌아온다>를 강원도 강원문화재단 한국문화예술위원회 보조금을 지원받아 《시와소금》에서 출간하다. 특집으로 이화주, 한승태 동인의 신작 4편과 대표작 5편, 시인의 에스프리를 싣다. <귀>를 주제로 12명의 동인이 집필하다.
- 4월 10일 임동윤 동인의 바다시집 <숨은바다찾기>를 한국출판문화산업진흥원 출판콘텐츠 창작지원금을 받아 시와소금에서 출간하다.
- 6월 26일 임동윤 동인의 바다시집 <저 바다가 속을 내어줄 때>를 강원도 강원문화재단 한국문화예술위원회 전문예술창작지원금을 받아 시와소금에서 출간하다.
- 7월 25일 박해림(시조 필명 박지현) 동인의 시조집 <못의 시학>을 강원도 강원문화재단 한국문화예술위원회 전문예술창작지원금을 받아 시와소금에서 출간하다.
- 9월 20일 이화주 동인의 컬러 동시집 <해를 안고 오나 봐>를 강원도 강원문화재단 한국문화예술위원회 전문예술창작지원금을 받아 도서출판 소금북에서 출간하다.
- 11월 14일 한승태 동인의 첫 시집 <바람분교>를 천년의시작에서 출간하다.
- 11월 15일 김순실 동인의 시집 <누가 저쪽 물가로 나를 데려다 놓았는지>를 강원도 강원문화재단 한국문화예술위원회 전문예술창작지원금을 받아 시와소금에서 출간하다.
- 12월 박해림(박지현) 동인의 시조집 <못의 시학>이 한국출판문화산업진흥원에서 시행하는 세종나눔도서에 선정되어 전국 도서관에 1,000여 권 배포되다.

▮2018년

- 7월 30일 《표현시》 25집 <평야의 정거장>을 강원도 강원문화재단 한국문화예술위원회 보조금을 지원받아 《시와소금》에서 출간하다. 특집으로 김순실, 정주연, 조성림 동인의 신작 4편과 대표작 5편, 시인의 에스프리를 수록하다. <망각>을 주제로 12명의 동인이 집필하다.
- 6월 15일 조성림 동인의 시집 <그늘의 기원>을 강원도 강원문화재단 한국문화예술위원회 전문예술창작지원금을 받아 시와소금에서 출간하다.
- 8월 20일 박민수 동인의 시집 <사람의 추억>을 강원도 강원문화재단 한국문화예술

위원회 전문예술창작지원금을 받아 시와소금에서 출간하다.
- 8월 20일 윤용선 동인의 시집 <딱딱해지는 살>을 강원도 강원문화재단 한국문화예술위원회 전문예술창작지원금을 받아 시와소금에서 출간하다.
- 9월 10일 최돈선 동인이 춘천시문화재단 이사장으로 취임하여 공식업무를 시작하다.
- 10월 박해림(지현) 동인의 시집 <못의 시학>이 통영시가 주관하는 <김상옥문학상>에 선정되다.
- 11월 10일 황미라 동인의 프랑스 시집 <털모자가 있는 여름>을 강원도 강원문화재단 한국문화예술위원회 전문예술창작지원금을 받아 시와소금에서 출간하다.
- 11월 29일 윤용선 동인이 춘천문화원 집현회의실에서 진행된 춘천문화원장 선거에서 96표를 획득해 당선되다. 총 투표권자 239명 중 178명이 투표했으며 무효는 1표였다.
- 12월 1일 이화주 동인의 동시집 <해를 안고 오나 봐>가 한국문화예술위원에서 시행하는 문학나눔도서에 선정되어 1,000여 권 전국 도서관에 배포되다.

■2019년
- 1월 15일 윤용선 동인 제18대 춘천문화원장으로 취임하다. 동인이 참석하여 축하하다.
- 1월 29일 한승태 동인의 산문집 '시와 에니메이션의 이메시스' <#아니마>를 다이얼로그에서 출간하다.
- 2월 1일 조성림 동인의 시집 <그늘의 기원>이 한국문화예술위원에서 주관하는 문학나눔도서에 선정되어 1,000여 권 전국 도서관에 배포되다.
- 4월 한승태 동인이 2019년 한국문화예술위원회에서 공모한 아르코창작기금 수여자로 선정되어 1천만 원의 창작기금을 수혜하다. 향후 발간할 시집이 기대된다.
- 5월 30일 허림 동인의 시집 <엄마 냄새>를 강원도 강원문화재단 한국문화예술위원회 전문예술창작지원금을 받아 달아실출판사에서 출간하다.
- 6월 14일 양승준 동인의 시집 <몸에 대한 예의>를 강원도 강원문화재단 한국문화예술위원회 전문예술창작지원금을 받아 시와소금에서 출간하다.
- 7월 30일 임동윤 동인의 제 12시집 <풀과 꽃과 나무와 그리고, 숨소리>를 강원도 강원문화재단 한국문화예술위원회 전문예술창작지원금을 받아 도서출판 소금북

에서 출간하다.

- 8월 20일 《표현시》 26집 〈물속의 거울〉을 강원도 강원문화재단 한국문화예술위원회 보조금을 지원받아 《시와소금》에서 출간하다. 허문영 동인의 정년 퇴임 기념으로 신작 4편과 대표작 5편, 시인의 에스프리를 특집으로 수록하다. 우리의 〈토종 민물고기〉를 주제로 10명의 동인이 집필하다.
- 9월 27일 표현시동인 창립 50주년을 기념하는 〈문학콘서트〉를 세종호텔 세종홀에서 개최하기로 합의하다.
- 허문영 동인이 강원문화재단에서, 한기옥 동인이 원주문화재단에서 각각 전문예술 창작지원금을 받아 올해 안으로 시집을 출간할 예정이다.

▣ 표현시 동인회 주소록(2019년 7월 현재)

이름	현 주 소	연락처 / 이메일
김남극	강원도 평창군 봉평면 기풍4길 27-6 봉평고등학교 교무실 (우-25303)	010-2274-1961 namkeek@hanmail.net
김순실	강원도 춘천시 퇴계로 220-20, (현대아파트) 301동 1204호 (우-24391)	010-2428-5534 biya5534@hanmail.net
김창균	강원도 고성군 토성면 용원로 548-16 (원암리 18번지) (우-24768)	010-3846-1239 muin100@hanmail.net
박기동	강원도 춘천시 동내면 춘천순환로94번길 12 (부영아파트) 202동 1202호 (우-24403)	010-4795-1918 phdong@kangwon.ac.kr
박민수	강원도 춘천시 우두강둘길 23길, (강변코아루아파트) 117동 802호 (우-24229)	010-5362-6105 minsu4643@naver.com
박해림	강원도 춘천시 충혼길 20번길 4 도서출판《소금북》 (우-24436)	010-9263-5084 hlm21@naver.com
양승준	강원도 원주시 모란1길 86 (한라비발디아파트) 109동 1302호 (우-26406)	010-5578-8722 oldcamel@hanmail.net
윤용선	강원도 춘천시 지석로 67, (현진에버빌아파트) 101동 402호 (우-24415)	010-4217-3079 4you1009@hanmail.net
이화주	강원도 춘천시 우석로 101번길 86 (대우아파트) 107동 1402호 (우-24318)	010-8605-5099 cchosu@hanmail.net
임동윤	강원도 춘천시 충혼길 20번길 4 (1층) 계간《시와소금》(우-24436)	010-5211-1195 ltomas21@hanmail.net
정주연	강원도 춘천시 동내면 원창고개길 123-15 (학곡리) (우-24408)	010-8901-1720 jy-june@hanmail.net

이름	현 주 소	연락처 / 이메일
조성림	강원도 춘천시 후만로 119, 1동 401호 (금호빌리지) (우-24301)	010-3372-4793 csl4793@hanmail.net
최돈선	강원도 춘천시 세실로 173 (세경4차아파트) 409동 505호 (우-24310)	010-2844-6126 mowol@naver.com
한기옥	강원도 원주시 남원로 661 (명륜동, 세경아파트) 7동 306호 (우-26441)	010-9650-0304 eunhasu34@hanmail.net
한승태	강원도 춘천시 후만로126번길 31 (후평동, 대우아파트) 8동 203호 (우-24308)	010-6373-3704 hanst68@hanmail.net
허 림	강원도 홍천군 내면 가덕길22 (광원리, 지당아랫집) (우-25170)	010-2282-7749 gjfla28@hanmail.net
허문영	강원도 춘천시 방송길70, (롯데캐슬아파트) 104동 403호 (우-24363)	010-5372-5604 myheo@kangwon.ac.kr
황미라	강원도 춘천시 서부대성로 332 (청구아파트) 101동 1603호 (우-24316)	010-2395-7385 hmrf89@daum.net

시와소금 시인선 102

물속의 거울
ⓒ표현시동인회, 2019. printed in Seoul, Korea

초판 1쇄 인쇄 2019년 09월 05일
초판 1쇄 발행 2019년 09월 10일
지은이 표현시동인회
펴낸이 임세한
디자인 유재미 정지은

펴낸곳 시와소금
출판등록 2014년 1월 28일 제424호
발행처 강원 춘천시 충혼길20번길 4, 1층 (우-24436)
편집실 서울시 중구 퇴계로50길 43-7 (우-04618)
팩스겸용 (033)251-1195 / 휴대폰 010-5211-1195
이메일 sisogum@hanmail.net
다음카페 hppt://cafe.daum.net/poemundertree

ISBN 979-11-86550-97-7 03810

값 12,000원

강원문화재단
Gangwon Art & Culture Foundation
* 이 시집은 강원도 강원문화재단의 후원금으로 제작되었습니다.